미래를 여는 지혜 2

미래를 여는 지혜 2

탈무드를 통해 배우는 삶의 지혜 101가지

신현운 엮음

초판 1쇄 | 2005년 09월 30일
초판 2쇄 | 2011년 05월 15일

펴낸이 | 신현운
펴는곳 | 연인M&B
기 획 | 여인화
디자인 | 이수영 이희정
마케팅 | 박재수 박한동
등 록 | 2000년 3월 7일 제2-3037호
주 소 | 143-874 서울특별시 광진구 자양동 680-25호 (2층)
전 화 | (02)455-3987, 3437-5975 팩스 | (02)3437-5975
홈주소 | www.yeoninmb.co.kr
이메일 | yeonin7@hanmail.net

값 10,000원

ISBN 89-89154-51-0 03810

인생의 성공을 위한

미래를 여는 지혜2

탈무드를 통해 배우는 삶의 지혜 101가지

신현운 엮음

연인M&B

5천 년의 '지혜' 〈탈무드〉 속에는 인간(人間)이란, 인생 (人生)의 의미는 무엇이고, 사랑과 그리고 행복은 과연 무엇 인지에 대한 삶의 의의라 할 수 있는 모든 것이 함축적으로 담겨져 있습니다.

참다운 삶에 대해 생각하게 하는 '지혜' 〈탈무드〉는 '교 훈·교의(敎義)'의 뜻으로 기원전 5백 년부터 시작되어 기 원후 5백 년에 걸쳐 1천여 년 동안이나 구전(口傳)되어 온 유대 사회의 모든 사상(事象)들을 수많은 학자들이 모아서 집대성했던 것인데 그야말로 우리 인간 사회의 백과사전이 라 하겠습니다.

지금의 물질만능 시대, 지혜보다는 지식만이 더 이해되는 그런 시대를 살아가는 현세를 보면서 진정한 인생의 성공을 위한 삶의 '지혜'가 무엇일까 고민하게 되어 이 책을 엮게 되었습니다.

성공이란 꼭 물질적인 성공만을 의미하는 것은 아닙니다. 한 생을 살면서 성공하기란 결코 쉬운 것도 물론 아니겠지

만 원하는 목표를 하나하나 채워나가는 것, 어느 분야에서
건 제 위치에서 작은 것에서부터 큰 것에 이르기까지 성공
이란 결국 궁극적인 인생의 행복과도 같은 것이 아닌가 생
각합니다.

'지혜'라는 것이 하루아침에 얻어지는 것이 아니듯 〈미
래를 여는 지혜 2〉는 마음으로 읽고, 생각하고, 실행하는 책
이라고 봅니다. '탈무드를 통해 배우는 삶의 지혜 101가지'
라는 부제처럼 〈미래를 여는 지혜 2〉는 바로 당신의 미래를
위한 삶의 '지혜' 뿐 아니라 우리 모두의 미래를 위한 것이
라 생각합니다.

이 책은 당신의 삶을 변화시키고, 그 변화된 삶은 당신을
성공으로 이끌게 할 것입니다. 그리고 당신은 행복할 것입
니다.

2005년 9월
신현운

책머리에

001··

포도밭의 여우

한 마리의 여우가 있었다.

포도밭을 지나다가 잘 익은 포도를 보고는 그 포도를 따 먹기 위해 포도밭 안으로 들어가려 했다. 하지만 울타리가 너무 촘촘하기 때문에 몸이 걸려 들어갈 수가 없었다.

여우는 궁리 끝에 사흘을 굶어 몸의 살을 빼고서야 그 울타리 사이를 비집고 안으로 들어갈 수 있었다. 포도밭에 들어간 여우는 너무도 기뻤다.

여우는 마음껏 배불리 포도를 따먹었다. 이젠 실컷 따먹어 그 포도밭을 나오려 울타리 사이로 몸을 집어넣어 보았지만 배가 불러 있는 상태라 도저히 울타리를 빠져나올 수가 없었다. 아무리 애를 써 보았지만 아무 소용이 없었다.

결국 들어올 때처럼 사흘을 굶어 몸의 살을 빼고서야 울타리를 빠져나올 수 있었다. 여우는 그런 자신을 한탄하며 이렇게 말을 했다.

"들어갈 때나 나올 때나 배고픈 건 결국 마찬가지구나."

* 사람은 20년씩이나 걸려 깨달은 것을 단 2년 만에 잊어버릴 수도 있다.

002··

세 치 혀

어느 날, 남편이 아내에게 시장에서 좀 맛있는 것을 사 오
라고 했다. 그러자 그의 아내는 혀를 사 왔다.

그리고 며칠이 지나서, 남편은 다시 아내에게 오늘은 값
이 싼 것으로 사 오라고 했다. 그런데 이번에도 그의 아내는
또 혀를 사 왔다. 그러자 남편이 아내에게 물었다.

"지난번 좀 맛있는 것을 사 오라고 했을 때도 혀를 사 오
고, 값이 싼 것으로 사 오라고 해도 또 혀를 사 왔는데 도대
체 어찌된 것이오?"

그러자 아내가 조용히 대답을 했다.

"혀란 것은 잘 사용하면 그 이상 좋은 것이 없지만, 잘못
사용하면 그보다 더 나쁜 것이 없기 때문입니다."

*다른 사람을 칭찬할 줄 아는 사람은 가장 칭찬을 받을 만한 사람이다.

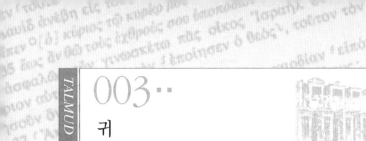
현인을 대하는 세 가지 유형의 사람들.

첫째, 스폰지형으로 무엇이건 옳다 하며 흡수하려는 사람들.

둘째, 터널형으로 한쪽 귀로 들으면 한쪽 귀로 흘려 버리는 무관심형 사람들.

셋째, 선택형으로 아주 중요한 것과 그렇지 않은 것을 채로 쳐서 잘 걸러내듯 자신에게 유익한 것만을 선택하는 사람들이다.

＊눈이 보이지 않는 것보다 마음이 보이지 않는 것은 더 불행하다.

13

어떤 사람이 깜깜한 밤길을 가고 있었다.

그때 저쪽 맞은편에서 장님이 등불을 켜들고 걸어오는 것이었다. 지나가던 사람이 장님에게 물었다.

"당신은 앞을 보지도 못하는데 등불은 왜 들고 가는 것입니까?"

그러자 장님이 이렇게 대답을 했다.

"나는 비록 앞을 보지는 못하지만 눈뜬 사람들은 내가 걸어가는 것을 알 수 있기 때문입니다."

＊좋은 항아리가 있으면 즉시 사용하라. 내일이면 깨질지 모르는 것이니까.

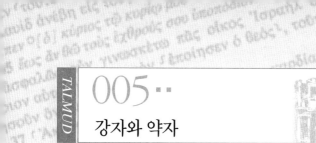

세상에는 약하면서도 강자를 두렵게 하는 네 가지가 있는데 그것은 모기와 거머리, 파리와 거미이다.

모기는 사자에게, 거머리는 코끼리에게, 파리는 전갈에게, 거미는 매에게 두려움을 준다.

그것은 아무리 크고 힘센 자라도, 항상 강자는 아니며, 이와 마찬가지로 아무리 힘없는 약자라 할지라도 어떤 상황에서는 강자를 이길 수 있다는 것이다.

＊자기의 결점에만 마음을 쓰는 사람에게는 남의 결점은 보이지 않는다.

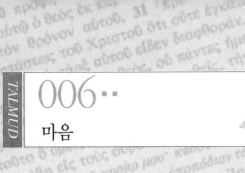

006··

마음

사람의 모든 기관들은 다 마음에 의해 움직이고 있다.

마음은 보고, 듣고, 걷고, 서고, 굳어지고, 부드러워지고, 기뻐하고, 슬퍼하고, 화내고, 두려워하고, 거만해지고, 설득되고, 사랑하고, 미워하고, 부러워하고, 질투하고, 사색하고, 반성한다.

그러므로 세상에서 가장 강하다 할 수 있는 사람은 자신의 마음을 통제할 수 있는 그런 사람인 것이다.

＊항아리의 겉만 보지 말고 그 안에 들어 있는 것을 보라.

007··
현명한 사람이 되기 위한 일곱 가지 조건

현명한 사람이 되기 위해서는 다음과 같은 일곱 가지 조건이 있다.

첫째, 현명한 사람 앞에서는 침묵을 지킨다.

둘째, 상대방의 말을 중간에서 끊지 않는다.

셋째, 대답은 아주 침착하게 한다.

넷째, 항상 적절하게 질문하고 대답은 조리 있게 한다.

다섯째, 우선 해야 할 것과 나중 해야 할 것을 구분해서 한다.

여섯째, 모르는 것은 스스로 솔직하게 인정한다.

일곱째, 진실은 주저없이 인정한다.

*사람은 누구나 세 가지 이름을 갖는다. 태어났을 때 부모가 지어 준 이름, 친구들이 불러 주는 별명, 그리고 생을 마감했을 때 얻어지는 명성이 그것인 것이다.

한 장사꾼이 큰소리로 외쳐 대며 거리를 다니고 있었다.

"여러분. 여기, 참 인생의 비결이 있습니다. 이 비결을 살 사람이 어디 없습니까?"

그러자 그 소리를 들은 동네 사람들이 그 인생의 비결을 사려고 모여들기 시작했다.

"어서 당신이 말하는 참 인생의 비결을 내게 파시오."

어느새 모여든 수많은 사람들이 아우성거리고 있었다.

그러자 장사꾼은 아우성거리며 모여든 수많은 사람들을 향해 이렇게 외쳤다.

"여러분. 그런데 그 비결을 꼭 사가야만 합니다."

이렇게 잠시 뜸을 들이고는 장사꾼이 그 비결에 대해 천 천히 말을 이어갔다.

"여러분. 진정으로 인생을 참되게 사는 비결은 자기 자신의 혀를 함부로 사용하지 않는 것입니다."

*남을 헐뜯는 것은 무기를 사용해서 사람을 해치는 것보다 죄가 더 무겁다. 무기는 가까이 가지 않으면 상대를 해칠 수 없으나, 중상은 멀리서도 사람을 해칠 수 있기 때문이다.

009··
가운뎃길

군대가 행진을 하고 있었다.

그런데 행진을 하고 있는 길 왼쪽에는 시뻘건 불길이 치솟고 있었다. 반대로 길 오른쪽에는 눈이 펑펑 쏟아지고 얼음이 얼어 있었다.

행진을 하고 있는 군대는 왼쪽으로 가면 시뻘건 불기둥에 휩싸여 타죽게 될 것이고, 오른쪽으로 가면 추위에 얼어 죽게 될 상황이었던 것이다.

하지만 그 가운데는 왼쪽의 따뜻함과 오른쪽의 시원함이 적당하게 섞여 있어 행진하기에 좋은 길이었던 것이다.

*강한 사람이란 자신의 적도 벗으로 바꿀 수 있는 사람이다.

010··

아내와 남편

어떤 부부가 어쩌다가 이혼을 하게 되었다.

그 후 남편과 아내는 각각 재혼을 하였다. 하지만 남편의 새 아내는 악처였다. 그런데 그 남편은 어느새 아내와 똑같은 나쁜 남편이 되어 있었다.

다시 재혼을 한 아내도 나쁜 남편을 만났다. 그러나 새로 얻은 나쁜 남편은 아내처럼 어질고 착한 사람이 되었다.

이처럼 남자는 여자하기 나름인 것이다.

*세상에서 가장 행복한 사람은 현명한 아내를 가진 남자이다.

011··

남자의 일생

탈무드에서는 남자의 일생을 일곱 가지 단계로 나누었다.

첫째, 한 살은 왕이다. 모든 사람들이 모여 왕을 받들 듯 달래거나 비위를 맞춰 주기 때문이다.

둘째, 두 살은 돼지이다. 진흙탕물 속을 기어 뒹굴기 때문이다.

셋째, 열 살은 양이다. 마음껏 웃고 떠들며 뛰어다니기 때문이다.

넷째, 열여덟 살은 말이다. 다 자랐다고 생각해서 자기의 힘을 남에게 자랑하고 싶어하기 때문이다.

다섯째, 결혼 후에는 당나귀이다. 가정이라는 무거운 짐을 지고 힘겹게 가야 하기 때문이다.

여섯째, 중년에는 개이다. 가족들을 부양하기 위해서는 사람들의 호의를 개처럼 구걸해야 하기 때문이다.

일곱째, 노년에는 원숭이다. 다시 어린이와 같아지지만 그러나 아무도 관심을 가져 주지 않기 때문이다.

＊어리석은 사람의 노년은 겨울이지만, 현명한 사람의 노년은 황금기이다.

커다란 포도밭에서 많은 사람들이 일을 하고 있었다. 그 사람들 중 한 사람은 다른 사람들에 비해 일솜씨가 특히 뛰어났다.

왕이 그 포도밭을 방문하면 일솜씨가 뛰어난 그 사람과 항상 포도밭을 거닐곤 했다.

하루의 일이 모두 끝나면 일을 한 사람들은 줄을 서서 똑같이 품삯을 받았는데 일솜씨가 뛰어난 사람이 품삯을 받게 되자 다른 사람들이 화를 내며 이렇게 말을 했다.

"그 사람은 두어 시간쯤 일을 하고 나머지 시간은 왕과 함께 산책만 했는데 왜 우리와 같은 품삯을 받는 것입니까. 그것은 말도 안 됩니다."

그러자 왕은 여유롭게 대답을 했다.

"그것은 당연한 것이네. 그대들이 하루 종일 걸려서 하는 일을 이 사람은 두어 시간이면 다 해 버리니 어쩌겠는가."

＊나무는 그 열매에 의해서 평가되는 것이고, 사람은 그 업적으로 평가되는 것이다.

한 가난한 사람과 그 지방에서 제일 부자인 사람이 랍비에게 상담을 하고자 찾아갔다.

대기실에서 두 사람은 기다리고 있었다. 그러자 먼저 온 부자가 먼저 상담을 받았다. 그 상담은 한 시간이나 걸렸다.

그 다음으로 가난한 사람이 상담을 받았는데 그와의 상담은 오 분도 채 걸리지 않았다. 가난한 사람은 조금 언짢은 생각이 들어 랍비에게 항의하듯 물었다.

"랍비님. 왜 부자와의 상담은 한 시간씩이나 걸리면서 저와의 상담은 채 오 분도 걸리지 않습니까. 좀 불공평하지 않습니까?"

랍비는 가난한 사람을 진정시키며 이렇게 말을 했다.

"당신은 이미 자신의 가난함을 알고 있었지만 그 부자는 자신의 마음이 가난하다는 것을 알지 못해 그것을 아는데 무려 한 시간이나 걸린 것입니다."

＊부자가 되는 유일한 방법, 그것은 내일 할 일을 오늘 해 치우고, 오늘 먹어야 할 것을 내일 먹는 일이다.

014··

희망

한 사람이 나귀와 개를 끌고 여행을 떠났다. 그리고 그에게는 작은 램프가 하나 있었다.

여행을 하고 있는데 날이 저물어 어둠이 내리기 시작했다. 그 사람은 헛간 한 채를 발견하고 거기서 묵기로 했다.

아직은 저녁때라 잠자기에는 조금 이른 시각이었다. 그래서 작은 램프를 켜고 책을 읽기로 했다. 그런데 바람이 불어와 작은 등불이 자꾸 꺼졌다. 하는 수 없이 그냥 잠을 청했다.

그런데 그가 잠자고 있는 사이, 여우가 와서 개를 죽여 버리고 사자가 와서는 나귀를 죽여 버렸던 것이다.

아침이 되자 그는 개와 나귀를 잃은 것을 알고 슬픔을 간직한 채 그 작은 램프만을 가지고 혼자 계속 여행을 떠났다.

마을에 이르렀다. 그런데 사람이라곤 그림자조차 보이지 않았다. 전날 밤, 이 마을에 도둑 떼가 쳐들어와 집을 부수고 마을 사람들을 모두 죽여 버렸다는 사실을 알게 되었다.

만일 그 작은 램프가 바람에 꺼지지 않았더라면 그도 도둑들에게 발견되었을 것이다. 그리고 만일 개가 살아 있었더라면 개 짖는 소리를 듣고 도둑들이 몰려왔을 것이다. 물론 나귀도 소란을 피울 수밖에 없었을 것이다.

결국 그 사람은 이 모든 것을 잃었기 때문에 살아남을 수 있었던 것이다. 그는 하나의 크나큰 진리를 깨닫게 되었다.

'사람은 최악의 상태에서도 결코 희망을 잃어서는 안 된다. 나쁜 일도 좋은 일로 바뀔 수 있다는 사실을 믿어야 하는 것이다.'

*좋은 일을 하는 것은 처음엔 가시밭길을 걷는 것이지만 결국은 평탄한 길로 들어서게 된다. 나쁜 일을 하는 것은 처음엔 평탄한 길일지 모르지만 곧 가시밭길로 들어서게 된다.

사람은 이 세상에 나올 때 두 손을 꼭 쥐고 나오지만 죽을 때는 그와는 반대로 두 손을 펴고 죽는다.

이는 세상에 나올 때는 이 세상 모든 것을 다 움켜 쥐려 하기 때문이고, 죽을 때는 남아 있는 사람들에게 가지고 있는 모든 것을 다 남겨두고 아무것도 가지고 갈 수 없는 빈손이기 때문인 것이다.

* 이미 끝나버린 일을 후회하기보다는 하고 싶었던 일을 하지 못한 것을 후회하라.

016··

하나님이 기뻐하는 세 가지 일

하나님이 기뻐하는 세 가지 일이 있다.

첫째, 가난한 사람이 물건을 습득해 주인을 찾아 그 물건을 되돌려 주는 일이다.

둘째, 부자가 자기 수입의 10%를 아무도 모르게 가난한 사람들에게 나누어 주는 일이다.

셋째, 번화한 도시에 살고 있는 독신자가 죄악을 범하지 않는 일이다.

* 죄는 처음에는 거미줄처럼 가늘지만 마지막에는 배를 잇는 밧줄처럼 강하게 된다.

어느 날 한 사내가 왕의 부름을 받았다. 그 사내는 그 전에 자신도 모르게 지은 죄가 있어 벌을 받게 되는 것은 아닌가 걱정이 되어 혼자 왕에게 가는 것을 두려워했다.

그런데 그 사내에게는 세 명의 친구가 있었다.

첫 번째 친구는 그 자신이 몹시 소중하게 여겨 왔기에 그 친구를 제일 친한 친구라고 생각하고 있었다.

두 번째 친구 또한 역시 사랑하고 있었지만 첫 번째 친구만큼은 소중하게 여길 정도는 아니었다.

세 번째 친구는 친구이기는 하지만 별로 큰 관심은 없는 그런 사이였다.

그 사내는 먼저 가장 소중하고 제일 친하다 생각했던 첫 번째 친구에게 가서 사정 이야기를 다 하고는 함께 갈 수 없냐고 부탁을 했다.

그러나 그 친구는 이유도 없이 한마디로 거절했다.

"난 갈 수 없네."

그러자 이번에는 두 번째 친구에게 부탁을 했다.

"궁궐 문 앞까지는 함께 가 줄 수 있지만 그 이상은 나도 힘들 것 같네."

그러나 세 번째 친구에게 부탁을 했을 때 그 친구는
"기꺼이 자네와 함께 가 주겠네. 하물며 자네는 아무 죄도 지은 것이 없으니 두려워할 것도 물론 없고…… 내가 자네와 함께 왕 앞에 가서 아무 죄가 없다는 것을 말씀 드려 주겠네."

여기서 첫 번째 친구는 재산으로 아무리 소중하다 하여 죽을 때 가지고 가는 것이 아니다. 두 번째 친구는 친척으로 죽었을 때 무덤까지는 따라가 준다. 세 번째 친구는 자기 자신의 선한 행위로 평소에는 별로 눈에 띄지 않지만 죽은 뒤에는 영원하도록 그와 함께 남아 있는 것이다.

*왕은 한 나라를 다스리지만, 현인은 그 왕을 다스린다.

018··

참 이득

선한 사람 몇이 악한 사람들과 마주쳤다. 그 악한 사람들은 사람의 뼛속까지 먹어치울 만큼 흉측한 사람들이었다. 세상에는 그들처럼 교활하고 잔인무도한 사람도 물론 없었다.

선한 사람 중에 한 사람이 이렇게 말을 했다.

"저들 같은 잔인무도한 사람들은 모두 물에 빠져 죽어 버렸으면 좋겠다."

그러자 선한 사람 중에 가장 훌륭한 사람이 이렇게 말을 했다.

"아닙니다. 그런 생각을 가져서는 안 됩니다. 비록 아무리 죽어 버리는 편이 나을 만큼 그들이 교활하고 잔인하고 악하더라도 그렇게 기도를 해서는 아니 됩니다. 그 악한 사람들이 죽기를 바라는 것보다는 악한 사람들 스스로 자신의 죄를 뉘우치고 회개하기를 기도해야 한다고 생각합니다."

악한 사람들을 벌하는 것은 내게 아무런 이득이 되지 못한다. 그것은 도리어 그들 스스로 잘못을 깨닫고 내 편이 되어 주면 더 큰 참 이익이 되는 것이다.

*강한 사람은 적까지도 친구로 바꿀 수 있는 그런 사람이다.

019··

아낌없이 베풀면

어느 마을에 아주 큰 농장이 있었다.

그 농장의 주인은 예루살렘에서 가장 많은 자선을 베푸는 그런 사람이었다. 해마다 랍비들이 그의 집을 방문할 때면 그때마다 아낌없이 자선을 베풀었다.

그런데 어느 해 큰 태풍으로 인해 그 농장의 과수원이 모조리 망가지고 또한 전염병은 그가 키우던 양이나 소, 말 등 가축들도 모두 죽게 만들었다.

이렇게 되자 채권자들이 몰려와서 그의 재산을 모조리 빼앗았다. 결국 그에겐 아주 조그만 땅밖에 남지 않게 되었다. 그런데도 그는 여유있게 이렇게 말을 했다.

"하나님이 주셨던 것을 다시 하나님께서 거두어 가신 것이니 어쩌겠는가."

그해에도 랍비들은 그의 집을 찾아왔다.

랍비들은 잘 살았던 그가 이렇게 몰락한 것을 보고는 깜짝 놀라며 그를 애써 동정했다.

그러자 그의 아내가 남편에게 이렇게 말을 했다.

"여보, 우리는 지금껏 랍비들에게 학교도 지어 주고, 예배당을 유지할 수 있게 해 주기도 했으며, 가난한 사람들이나 노인들을 위해 그래도 많은 헌금을 해 왔는데 올해는 아무 것도 드리지 못한다면 이것은 대단히 부끄러운 일이라고 생각합니다."

이들 부부는 랍비들을 차마 빈손으로 그냥 돌려보낼 수는 없다고 생각을 했다.

그래서 생각한 것이 마지막으로 남은 조그만 땅을 반을 팔아 그것을 랍비에게 헌금하고 남은 땅으로 더욱 부지런히 농사를 지어서 채우기로 했던 것이다. 랍비들은 이렇게 뜻밖의 헌금에 놀라지 않을 수 없었다.

다시 해가 바뀌어 봄이 되었다. 그들 부부는 남은 반쪽의 땅을 일구려 밭을 갈고 있었다. 그런데 밭을 갈던 소가 쓰러졌다. 그들 부부는 안간힘을 다해 쓰러진 소를 끌어내다 보니 소의 발밑에는 보물이 가득 있었던 것이다.

그들 부부는 그 보물을 팔아 다시 그 전처럼 큰 논장을 운영하게 되었다.

그해 가을이 되자 랍비들이 다시 그들을 찾아왔다. 랍비들은 아직도 그 부부가 가난한 생활을 하고 있을 것으로 여겨 작년에 찾아갔던 그 반쪽 땅의 농장으로 찾아갔다. 그런데 찾아간 농장에는 다른 사람들이 살고 있었다.

"그 사람들은 이젠 이곳에 살지 않습니다. 저쪽의 큰 농장으로 가 보세요."

랍비들은 그 사람이 가리키는 농장으로 갔습니다. 랍비들을 반가이 맞이해 주는 그들 부부는 일 년 동안 자기 자신에게 일어났던 일들을 설명하고는 이렇게 말을 했다.

"그 누군가에게 아낌없이 자선을 베풀면 그것은 반드시 다시 되돌아옵니다."

*아무리 길고 훌륭한 쇠사슬이라도 고리 하나가 망가지면 못 쓴다.

020··

뱀의 꼬리와 머리

뱀의 꼬리는 틈만 나면 불평불만이었다. 늘 머리가 가는 대로만 따라다녀야 했기 때문이었다. 그러던 어느 날 꼬리가 머리에게 아주 퉁명스럽게 말을 했다.

"왜 난 네 꽁무니만 매일 따라다녀야 하고, 넌 언제나 네 마음대로 나를 끌고 다니지? 이건 너무 불공평하다고 생각하지 않니? 나 역시 뱀의 일부분인데 노예처럼 끌려만 다니기나 하고 이건 말이 안 된다고 생각해?"

그러자 머리가 이렇게 말을 했다.

"그런 소리 하지 마라. 넌 앞을 볼 수 있는 눈도 없지, 위험을 분간할 수 있는 귀도 없지, 그리고 행동을 결정할 두뇌도 없잖아. 그러니 이것은 나 자신을 위해서가 아니라 결국 너를 위해서 늘 봉사하고 있는 거야."

그러자 꼬리가 큰소리로 비웃으며 말을 했다.

"그런 말은 수없이 들어왔어. 어떤 독재자나 폭군도 모두 백성을 위한다는 명목으로 제멋대로 생각하고 행동들을 하지."

머리는 하는 수 없이 꼬리에게 한 가지 제안을 했다.

"그렇다면 내가 하는 일을 네가 맡아서 해 봐."

그러자 꼬리는 신이 나서 앞으로 나섰다. 그러나 그것도 잠시 얼마 가지도 못하고 뱀은 강물에 빠지고 말았다. 겨우 뱀은 강물에서 빠져나올 수 있었다.

그리고 또 뱀은 얼마 못가서 이번에는 가시덤불 속으로 들어가고 말았다. 빠져나오려 무진 애를 썼지만 애를 쓰면 쓸수록 뱀은 가시에 점점 더 깊이 찔려 상처투성이가 되고 말았다. 이번에도 결국 머리의 도움으로 간신히 빠져나온 꼬리는 그래도 앞장을 섰다.

그리고 다시 가는데 이번에는 불 속으로 들어가고 말았다. 점점 몸이 뜨거워지자 꼬리는 두려움에 떨렸다. 다급해진 머리가 이번에도 필사적으로 빠져나오려 몸부림을 쳤지만 때는 이미 늦어 있었다. 결국 꼬리와 함께 머리도 불에 타 버리고 말았던 것이다.

* 머리는 결국 맹목적인 꼬리로 인해 죽고 마는 것이다. 결국 지도자는 언제나 꼬리와 같은 자가 아닌, 머리를 선택해야 되는 것이다.

사람들을 네 가지 유형으로 구분할 수가 있다.

첫째는 일반적인 사람들로 '내 것은 내 것이고 네 것은 네 것이다.' 형이고

둘째는 별난 사람들로 '내 것은 네 것이고, 네 것은 내 것이다.' 형이고

셋째는 정의감에 불타는 사람들로 '내 것은 네 것이고 네 것도 물론 네 것이다.' 형이고

넷째는 경우 없는 사람들로 '내 것은 내 것이고, 네 것도 내 것이다.' 형으로 아주 이기적인 사람들이다.

*남을 행복하게 해 주는 것은 마치 향수를 뿌리는 일과도 같은 것이다.

022··

자루

쇠가 처음으로 만들어지자 세상에 모든 나무들은 두려움에 떨기 시작했다. 그러자 하나님이 이것을 보시고는 나무들에게 이렇게 말을 했다.

"나무들아 걱정하지 마라. 쇠는 너희가 자루를 제공하지 않는 한 결코 너희 나무들에게 상처를 입히지는 못한다."

* 행동은 말보다 목소리가 크다.

023··

닭의 재판

재판 중인 닭 한 마리가 있었다.

그 닭의 죄명은 갓난아이를 죽인 살인죄였다. 그 닭은 작은 요람에 눕혀 둔 갓난아이의 머리를 쪼아 그만 죽게 했다는 것이다. 증인들이 법정에 출두하여 그 사건에 대해 증명을 했다.

결국 그 닭은 유죄 판결을 받게 되어 불쌍하게도 처형되고 말았다.

아무리 하찮은 짐승이라도 유죄라는 판결이 확정되지 않는 한 경솔하게 처형해서는 안 된다는 것을 말해 주고 있는 것이다.

＊행복에서 불행으로 바뀌는 것은 순간적인 일이나, 그와는 반대로 불행을 행복으로 바꾸는 데에는 아주 오랜 시간이 필요하다.

024··

선과 악

세상은 엄청난 홍수로 인해 온통 물로 뒤덮이게 되었다. 선(善)은 모든 동물들이 노아의 방주로 몰려드는 것을 보고 자신도 살아남기 위해 노아의 방주로 부랴부랴 달려왔지만 선은 노아의 제지로 배에 오를 수가 없었다. 그러면서 노아는 이렇게 말을 했다.

"모든 짝이 있어야만 배에 오를 수 있다네."

어쩔 수 없이 선은 다시 돌아와 자신의 짝이 될 만한 대상을 찾아다녔다. 한참을 찾아 헤매어 결국 선은 악(惡)을 찾을 수 있었다. 힘들게 찾아 방주로 돌아와 배에 오를 수 있었다.

그 후로 선과 악은 항상 함께하는 짝이 되었던 것이다.

＊악의 충동은 처음에는 매우 달콤하다. 그러나 그것이 끝났을 때는 엄청 쓰다.

025··

균형

　이 이야기는 인생을 살아가는데 있어 얼마만큼 균형 감각이 있어야 하는지에 대한 인생을 줄타기에 비유한 그런 이야기다.

　두 사내가 있었다. 그들은 악한들에게 쫓겨 깊은 골짜기의 낭떠러지까지 쫓기게 되었다. 그 낭떠러지를 건너는 데는 유일하게 한 개의 로프가 설치되어 있을 뿐이었다.

　어쩔 수 없는 두 사내는 그 로프를 타고 건너기로 하고 첫 번째 사내가 먼저 곡예사처럼 재빠르게 낭떠러지를 건넜다.

　두 번째 사내 차례가 되었다. 두 번째 사내가 로프를 잡고 건너려는데 아래를 내려다보니 천길 낭떠러지가 아찔하게 눈에 들어왔다. 두 번째 사내는 먼저 건넌 첫 번째 사내에게 외쳤다.

　"이렇게 아찔한 낭떠러지를 어떻게 그렇게 멋지게 건넜는가. 그 방법 좀 가르쳐 주게나."

　그러자 먼저 건넌 첫 번째 사내가 이렇게 대답을 했다.

　"나도 이런 일은 처음이었네. 그냥 한쪽으로 기울어질 것 같으면 얼른 다른 한쪽에 힘을 넣어 균형을 잡고 또 다른 한

쪽으로 치우치면 얼른 또 다른 한쪽에 힘을 넣어 균형을 잡
았네. 특별한 방법은 따로 없네. 균형을 잘 잡는 것만이 유
일한 방법일세."

---

*사람의 마음을 안정시키는 세 가지가 있는데 명곡, 조용한 풍경, 깨끗한 향
기이다.

한 노인이 어린 과일나무를 정원에 열심히 심고 있었다. 마침 그때 그 앞을 지나던 사람이 그 광경을 보고 노인에게 넌지시 물었다.

"아니, 그 나무를 지금 심으면 열매가 언제쯤이나 열릴 것 같습니까?"

그러자 노인이 대답을 했다.

"아마, 한 칠십 년은 족히 지나야 열리겠지요."

그러자 지나던 사람이 다시 물었다.

"아니, 그때까지 살아 계시지도 않을 텐데요."

그러자 노인이 이렇게 대답을 했다.

"물론 내가 신이 아닌 이상 그때까지 산다는 것은 말도 안 되겠지요. 하지만 내가 태어나기도 전에 나의 아버님께서 지금 이 정원에 주렁주렁 열려 있는 이 과일나무들을 심으셨던 것이지요. 그래서 나도 내 아버님께서 하셨던 것처럼 하는 것뿐이랍니다."

＊자녀를 가르치는 최선의 교육은 부모 스스로 모범을 보이는 것이다.

027··

영원한 생명을 주어도 좋을 사람

어느 날 시장에 랍비가 찾아와 말을 했다.

"이 시장에서 영원한 생명을 주어도 좋을 사람이 있습니다."

그러나 시장 사람들이 아무리 둘러보았지만 그곳에는 그럴 만한 인물이 있는 것 같지 않았다. 그때 두 사람이 랍비에게로 다가 왔다.

그러자 랍비가 이렇게 말을 했다.

"두 사람이야말로 훌륭한 선인(善人)입니다. 영원한 생명을 주어도 좋을 사람들입니다."

이렇게 말하는 랍비의 말을 들은 시장 사람들이 앞에 있는 두 사람에게 물었다.

"도대체 당신들이 파는 것은 무엇입니까?"

그러자 그들이 이렇게 대답을 했다.

"우리는 어릿광대들입니다. 외롭고 쓸쓸한 사람들에게는 웃음을 주고, 서로 다투는 사람들에게는 평화를 주지요."

＊세상에는 도를 벗어나면 안 되는 것이 여덟 가지가 있다. 여행, 여자, 부(富), 일, 술, 잠, 약, 향료이다.

028··

그렇다면 나도

한 전선에 배속된 부대장에게 손님이 찾아왔다.

부대장이 그 손님과 함께 식사를 하고 있을 때였다. 당번 사병이 맥주를 가지고 왔다. 그러자 부대장이 그 사병에게 물었다.

"맥주를 가지고 왔는데 사병들 마실 것도 있는 것인가?"

그러자 당번 사병이 이렇게 대답을 했다.

"아닙니다. 오늘은 맥주가 적어 부대장님께만 가지고 왔습니다."

그 말을 들은 부대장이 말을 했다.

"그렇다면 오늘은 나도 마시지 않겠네. 알겠나."

＊결혼의 목적은 기쁨이고, 조객의 목적은 침묵이고, 강의의 목적은 듣는 것이고, 방문할 때의 목적은 빨리 도착하는 것이고, 가르치는 목적은 집중이고, 단식의 목적은 그 돈으로 자선을 베푸는 일이다.

029··

배려

어느 날 한 랍비가 사람들에게 이렇게 공지를 했다.

"내일 여섯 명이 모여서 아주 중대한 문제를 의논하기로 했습니다."

그런데 다음 날 회의 장소에 모인 사람은 여섯 명이 아닌 일곱 명이었다. 분명 그 가운데 한 사람은 이번 회의에 초대하지 않은 사람이거나 무슨 착오가 있었던 것이다. 랍비는 그 한 명이 누구인지 알 수 없어 이렇게 말을 했다.

"분명 여섯 사람을 초대했을 텐데 일곱 사람이 모였으니 한 사람은 초대하지 않은 사람일 테니 그 사람은 알아서 돌아가 주셨으면 합니다."

그 말이 끝나자 마자 이번 회의에 가장 중요하고 필요한 사람이 벌떡 일어나서는 밖으로 나가 버린 것이다.

그 사람은 왜 자신이 나간 것일까? 그는 초대를 받지 못했거나 어떤 착오로 잘못 나온 그 한 사람을 위해 스스로 알아서 나갔던 것이다.

＊자선을 행하지 않는 사람은 아무리 부자라도 맛있는 요리가 즐비한 식탁에 소금이 없는 것과 같은 것이다.

두 형제가 살고 있었다. 형은 결혼을 하여 처자식이 있었고 동생은 아직 미혼이었다.

부모가 돌아가시면서 물려주신 재산을 똑같이 반으로 나누어 가졌다. 두 형제는 무척 부지런한 농부였다. 그들 형제는 열심히 일을 해서 곳간에는 그해 수확한 곡식이 가득가득 채워져 있었다.

그러나 밤이 되자 동생은 처자식이 있는 형님을 생각해서 자신의 곳간에서 곡식을 꺼내 형님 곳간으로 옮겨 놓았다. 그런데 형은 형대로 아직 결혼도 못하고 사는 동생을 생각해 자신의 곳간에서 곡식을 꺼내 동생의 곳간으로 옮겨 놓았다.

날이 밝자 두 형제는 각기 자신의 곳간을 가 보았다. 웬일인지 자신의 곳간의 곡식은 조금도 줄지 않고 그대로 있는 것이었다. 이런 일은 다음 날 밤에도, 그리고 또 그 다음 날 밤에도 그렇게 사흘 밤이나 계속 되었다.

어느 날 밤, 두 형제는 그 전과 같이 자기 곳간의 곡식을 상대방의 곳간으로 나르다 그만 중간에서 딱 마주쳤던 것이다. 그날 밤 두 형제는 서로의 형제애에 기쁨의 눈물을 흘렸

다. 두 형제는 얼마나 서로를 아끼고 있는지를 다시 한 번
확인할 수 있었다.

*만나는 모든 사람에게서 무엇인가를 배우는 사람이 가장 현명한 사람이다.

47

히브리어에서 '진실' 이라는 말은 최초 히브리어 문자와 최후 알파벳 문자 사이의 꼭 중간 문자로 쓰이고 있는데 그 이유는 유대인에게 진실이란 왼쪽 것도 올바르고, 오른쪽 것도 올바르며, 한가운데 있는 것도 올바르다는 것을 모든 사람들에게 가르치기 위한 것이다.

＊장미꽃은 가시 사이에서 자란다.

032··

질문과 대답

어느 날 스승이 제자에게 물었다.

"사람의 입은 하나이고 귀는 둘인데 왜 그런 것이라 생각하는가?"

그러자 제자가 대답을 했다.

"그것은 말을 하는 것보다는 더 많이 잘 들어주라는 뜻이라 생각합니다."

그러자 이번에 스승이 다시 물었다.

"사람의 눈은 흰 부분과 검은 부분으로 이루어져 있는데 검은 부분으로 세상을 보는 이유는 무엇이라 생각하는가?"

그러자 제자는 이렇게 대답을 했다.

"그것은 세상을 어두운 쪽에서 바라보는 편이 더 좋을 듯해서가 아닌가 생각합니다. 밝은 쪽에서 보면 지나치게 자신에 대해 낙관적일 수 있는데 혹 그로 인해 교만해지지 않도록 경계하기 위함이 아닌가 생각합니다."

＊올바른 사람은 자신의 욕망을 조정하지만 그릇된 사람은 욕망에 지배당한다.

033··

장님과 절름발이

'오차' 라는 아주 맛있는 과일이 열리는 나무를 소유하고 있는 왕이 있었다.

왕은 너무 맛있는 과일이라 그 나무를 지키게 하는 사람을 두었는데 한 사람은 장님이었고 다른 한 사람은 절름발이었다.

그런데 나무를 지키라고 한 두 사람은 작심을 하고 과일을 따먹기로 했던 것이다.

장님의 어깨 위로 절름발이가 올라가서 방향을 지시하면 장님은 지시하는 대로 방향을 이리저리 바꿔 가며 지키라는 그 맛있는 과일을 실컷 따먹었던 것이다.

과일을 지키기 위해 사람까지 두었는데도 과일이 없어진 것을 안 왕은 몹시 화가 났다. 왕은 두 사람을 불러들여 심문을 하게 되었다.

그러자 장님은 앞도 보지 못하는 자신이 어떻게 과일을 따먹을 수가 있겠냐며 강력히 변명을 했고, 절름발이도 어떻게 저렇게 높은 곳까지 올라갈 수가 있겠냐며 또한 변명을 했다. 결국 왕은 심문을 포기하고 말았다.

무슨 일이든 할 때는 혼자 보다는 둘이 하는 것이 훨씬 효

과적이고 낫다는 것이다.

　또한 사람은 육체의 힘이나 정신의 힘만으로는 아무것도 할 수 없다. 몸과 마음이 합쳐져야 비로소 좋은 일이든 나쁜 일이든 해낼 수가 있는 것이다.

*어떤 오르막길에도 반드시 내리막길은 있게 마련이다.

어느 날 한 로마인이 랍비를 찾아와서는 이렇게 물었다.

"당신들은 늘 당신들의 신 이야기만 하고 있는데, 도대체 당신들의 신이 어디에 있는지 말해 줄 수 있겠소? 어디에 있는지 가르쳐 주면 나도 당신들의 신을 믿겠소."

그러자 랍비는 그 심술궂은 로마인을 밖으로 데리고 나왔다. 그러고는 이렇게 말을 했다.

"자, 저기 저 태양을 쳐다보시오."

그러자 잠깐 태양을 쳐다본 로마인이 말을 했다.

"이보시오. 어떻게 태양을 똑바로 쳐다볼 수가 있소."

그러자 랍비가 빙그레 웃으며 이렇게 말을 했다.

"지금 당신은 신이 창조한 많은 창조물 중에 하나인 태양조차도 쳐다볼 수 없다면서 어떻게 위대하신 우리의 신을 보려고 한단 말입니까."

＊다른 사람들보다 뛰어난 사람은 악에 대한 충동도 그만큼 강하다.

035··
자선의 네 가지 유형

자선에 대한 네 가지 유형이 있다.

첫째, 스스로 돈이나 물품을 남에게 주지만, 다른 사람이 자기처럼 그러는 것은 별로 좋아하지 않는다.

둘째, 다른 사람이 자선을 베풀기를 은근히 바라면서도 자기 자신은 자선을 베풀려 하지 않는다.

셋째, 자기도 자선을 베풀고 다른 사람 또한 자선을 베풀기를 바란다.

넷째, 자기도 자선을 베푸는 것을 싫어하고 다른 사람이 자선을 베푸는 것도 싫어한다.

여기서 첫째 유형은 질투심이 많은 사람의 유형이고, 둘째 유형은 자기 자신을 저하시키는 사람의 유형이며, 셋째 유형은 지극히 선량한 사람의 유형이고, 넷째 유형은 완전한 악한 사람의 유형으로 보면 된다.

---

*남에게 칭찬받는 것은 좋지만 스스로 자신을 칭찬하지는 마라.

예루살렘에 사는 사람이 여행을 하고 있었는데 그만 병이 들고 말았다. 소생할 가능성이 없다고 판단을 한 그 사람은 여관 주인을 불러 놓고 이렇게 말을 했다.

"주인장, 아무래도 나는 이대로 죽을 것만 같습니다. 내가 죽으면 아마 예루살렘에서 내 아들이 찾아올 것입니다. 그때 이 유언장을 전해 주십시요. 그러나 만약 내 아들이 세 가지의 현명한 행동을 하지 않으면 이 유언장을 절대로 내주어서는 안 됩니다. 그것은 내가 집을 나서기 전에 내 아들에게 반드시 세 가지의 현명한 행동을 해야만 유산을 물려받을 수 있다고 이미 말을 해 두었기 때문입니다."

결국 그 여행객은 죽고 말았다. 여관 주인은 유대인의 의식대로 그를 매장해 주었다.

이 여행객의 사망 소식은 아들에게 알려지게 되었고 그의 아들은 서둘러 아버지가 돌아가신 그 마을을 찾아갔다. 하지만 그 여행객은 자신이 묵었던 여관을 아들에게 알려 주지 말라고 유언을 했기 때문에 그의 아들은 그 여관을 찾을 수가 없었다.

그때 나무장사가 땔나무를 가득 싣고 그의 앞을 지나고

있었다. 그의 아들은 나무장사를 불러 땔나무를 산 다음 그 나무를 예루살렘에서 온 여행객이 죽은 여관으로 가져가 달라고 말을 하고는 그의 뒤를 따라갔다. 이것이 그의 아들이 행한 첫 번째 현명한 행동이었다.

여관 주인은 그를 반갑게 맞아 주었다. 그리고 성대한 저녁을 준비했다. 다섯 마리의 비둘기와 한 마리의 닭을 잡아 맛있는 요리를 마련했다. 식탁에는 그 여관 주인 부부와 아들 둘, 딸 둘, 그리고 그 여행객의 아들, 이렇게 모두 일곱 사람이 자리를 함께했던 것이다.

그 여관 주인은 손님인 여행객의 아들에게 음식을 나누어 달라고 했지만 그는 주인이 나누어 달라며 정중하게 사양을 했다. 하지만 여관 주인은 손님인 여행객의 아들이 나누어 달라며 부탁을 다시 해 왔고 결국 그렇게 하게 되었다.

먼저 비둘기 한 마리를 두 아들에게 주고, 한 마리는 두 딸들에게 주었으며 또 한 마리는 그 여관 주인 부부에게 주고, 남은 나머지 두 마리를 자기 몫으로 놓았다. 이것이 그의 두 번째 현명한 행동이었다.

이렇게 나누자 여관 주인은 매우 못마땅하였지만 그래도

아무 말도 하지 않았다. 이번에는 닭 요리를 나눌 차례였다. 닭의 머리는 그 여관 주인 부부에게, 두 다리는 두 아들에게, 두 날개는 두 딸들에게 준 다음 자기 몫으로는 큰 몸통을 가졌다. 이것이 세 번째 현명한 행동이었다.

결국 여관 주인이 참다못해 화를 내며 이렇게 말을 했다.

"이렇게 하는 것이 당신네 고장의 관습이요? 비둘기를 나눌 때까지는 내 그래도 참았지만 이젠 도저히 참을 수가 없소. 도대체 이게 무슨 짓입니까."

그러자 여행객의 아들이 대답을 했다.

"나는 처음부터 음식을 나누는 이런 일은 하고 싶지 않았지만 주인 어른께서 저에게 군이 그렇게 해 달라고 간곡하게 부탁을 했기 때문에 했을 뿐이고 물론 저는 최선을 다했을 뿐입니다. 나누는 데는 공평하게 하기 위해 모두 셋이 되도록 비둘기를 나눈 것입니다. 즉 주인 어르신 부부와 비둘기 한 마리를 합하면 셋이고, 두 아드님과 비둘기 한 마리를 합하면 또한 셋이고, 두 따님과 비둘기 한 마리를 합하면 셋이고, 저와 비둘기 두 마리를 합치니 당연히 셋이니 이보다 더 공평한 게 어디 있겠습니까? 또한 주인 부부께서 이 집안의 어른이시니 당연히 닭의 머리를 드린 것이고, 두 아드님은 이 집안의 기둥이므로 다리를 나눠 주었고, 두 따님은 언젠가는 날개가 돋쳐 시집을 가듯 이 집을 떠날 것이라 날개를 준 것입니다. 그리고 저는 배를 타고 이곳까지 왔고 갈 때도 배를 타고 다시 돌아가야 하기에 배처럼 생긴 몸통을 가진 것뿐입니다. 이제 됐습니까. 노여움을 푸시고 제 아버님께서 맡겨 놓은 유언장이나 내어 주십시요."

* 빌린 돈은 어떠한 돈이건 입구는 넓고 출구는 좁게 마련이다.

037··
보잘것없고 하찮은 것

다윗 왕의 이야기이다.

다윗 왕은 거미를 아무 곳에나 거미줄을 치는 아주 더럽고 쓸모없는 그런 벌레라 생각하고 있었다.

어느 날 다윗 왕은 전쟁터에서 적군에게 완전 포위되어 도저히 빠져나갈 수가 없었다. 다윗 왕은 겨우 한 작은 동굴로 숨어들게 되었는데 거기 동굴 입구엔 마침 거미 한 마리가 거미줄을 치고 있었다. 어느샌가 다윗 왕을 추격해 온 적군의 병사들이 동굴 입구까지 왔으나, 동굴 입구에 쳐져 있는 거미줄을 보고는 동굴 안에는 사람이 없다고 판단하고 그냥 돌아갔던 것이다.

그 뒤로 또 이런 일도 있었다.

다윗 왕은 적장이 잠자고 있는 그의 방에 숨어 들어가 적장의 칼을 훔쳐 내려 했다. 그것은 적장의 칼을 훔쳐 적장의 목을 칠 수 있는 데도 그러지 않고도 적장을 회유해 전쟁을 끝내려는 그런 작전이었던 것이다. 그러나 적장의 다리 밑에 있는 칼을 훔쳐 낸다는 것은 결코 쉬운 일이 아니었다.

할 수 없이 포기하고 뒤돌아서려는데 그때 어디선가 모기한 마리가 날아와 적장의 발 위에 앉았던 것이다. 적장은 잠결에 다리를 움직였다. 그 틈을 놓치지 않고 잽싸게 적장의 칼을 빼낼 수 있었던 것이다.

또 한 번은 전쟁터에서 적군에게 완전 포위되어 죽을 위기에 처하게 되기도 했다. 그 순간 그는 완전 미치광이 흉내를 내며 적군의 눈을 피해 살아날 수 있었던 것이다.

이렇듯 세상에는 어떤 것이라도 쓸모없는 것은 없는 것이다. 그러므로 아무리 보잘것없고 하찮은 것이라도 그냥 흘려 버려서는 안 되는 것이다.

*가난한 사람에게는 네 계절밖에 고생을 하지 않는다. 이렇게 봄, 여름, 가을, 겨울이다.

038··

사랑의 운명

솔로몬 왕에게 몹시 아름답고 현명한 딸이 있었다.

솔로몬 왕이 어느 날 꿈을 꾸었는데 앞으로 딸의 남편이 될 사람이 딸에게는 어울리지 않는 좋지 않은 사나이라는 것을 예감하게 된다. 그래서 솔로몬 왕은 신의 뜻을 알아보기로 결심을 하게 된다.

솔로몬 왕은 딸을 작은 섬으로 데리고 가서 그곳의 작은 별궁에 감금하게 된다. 물론 딸이 꼼짝 못하도록 그곳에는 높은 담과 감시병까지 배치해 놓았다. 그리고 자물쇠까지 채우고는 돌아왔다.

한편 솔로몬 왕이 꿈에서 보았던 그 사나이는 어느 드넓은 황야에서 홀로 방황하고 있었다. 밤이 되자 기온이 떨어졌고 사나이는 몹시 한기를 느끼고 있었다. 생각한 것이 죽은 사자의 시체 속에 들어가 잠을 청하게 되었다.

그러나 얼마 지나지 않아 큰 새가 날아와 그 사자의 털가죽과 함께 그 사나이를 들어 올려 어디론가 날아가 버렸다. 결국 그 큰 새는 공주가 감금되어 있는 그 섬에 그 사나이를 떨어뜨렸던 것이다.

그렇게 되어 그 사나이와 공주는 만나게 되었고 두 사람은 사랑에 빠지게 되었다.

　사랑의 운명이란 결국 이렇게 공주를 먼 섬에 감금시켜 놓았지만 이루어지게 마련인 것이다. 아무 소용없듯 일어날 것은 반드시 일어나게 마련인 것이다.

* 항아리를 보지 말고 그 안의 내용물을 보라.

높은 파도와 심한 폭풍우로 인해 길을 잃은 배가 있었다.
그러나 아침이 되자 바다는 잠잠해졌고 길을 잃었던 그 배
는 아름다운 항구가 있는 섬에 닿았다.

그곳에는 아름다운 꽃들과 많은 종류의 과일들이 많았다.
피곤에 지친 사람들은 그래서 그곳에서 잠시 쉬어 가기로
했다. 그 사람들은 다섯 그룹으로 나뉘었다.

첫 번째는 자신들이 없는 사이 배가 떠나 버릴지 모른다
며 그냥 배에 남기로 했다.

두 번째는 서둘러 맛있는 과일을 따먹고 다시 기운을 찾
아 곧 배로 돌아왔다.

세 번째는 순풍이 불어오자 배가 떠나는 줄 알고 급히 서
둘러 돌아오다 자신들의 소지품을 잃어버렸고 자기들이 앉
아 있던 좋은 자리마저 빼앗겼다.

네 번째는 순풍이 불어 닻을 올리는 것을 보았지만 돛을
달려면 아직 시간이 많이 남아 있으며 설마 선장이 자기들
만 남겨 두고 떠나지 않을 것이라는 생각에 그대로 있었다.
그러나 배가 항구를 서서히 떠나는 것을 보고 그제서야 헤
엄을 쳐서 배에 올랐지만 서둘러 오는 동안 몸은 여기저기

상처를 입었고 항해가 끝날 때까지 아물지 않았다.

　다섯 번째는 그곳의 아름다운 경치에 취해 그만 배가 출항하는 것도 보지 못하고 그곳에서 맹수들의 먹이가 되거나 독이 든 열매를 먹고는 병에 걸려 마침내 죽고 말았다.

　여기서 배는 우리 인생 여정을 뜻하며 섬은 쾌락을 의미하는 것이다.

　첫 번째는 인생의 쾌락 자체를 맛보려 하지 않은 것이다.

　두 번째는 쾌락은 즐기되 인생 여정을 결코 포기하지 않은 가장 현명한 그룹이다.

　세 번째는 지나치게 쾌락에 빠져 고생을 한 것이다.

　네 번째는 인생 여정을 포기하진 않았지만 너무 늦어 그로 인한 상처가 오래 지속된 것이다.

　마지막 다섯 번째는 일생 동안 쾌락을 위해 살거나 앞날의 일을 잊어버린 채 결국 달콤한 과일 속에 들어 있는 독을 먹고 죽어갔던 것이다.

*돈이란 선한 사람에게는 좋은 것을, 나쁜 사람에게는 나쁜 것을 안겨 준다.

어떤 왕에게 외동딸이 있었다.

그런데 그 공주는 중병에 걸려 아무도 치료방법을 찾지 못하고 있었다. 하는 수 없이 왕은 공주의 병을 고쳐 주는 자에게 공주와 결혼을 시키는 것은 물론이려니와 왕위 계승도 약속하는 포고문을 붙였다.

어느 외딴 시골마을에 삼 형제가 살고 있었다.

어느 날 첫째가 망원경으로 그 포고문을 보게 되었다. 삼 형제는 공주의 병을 고쳐 보자고 의논을 하기 시작했다. 삼 형제 중에 둘째는 마법의 융단을 가지고 있었고, 막내인 셋째는 마법의 사과를 가지고 있었다.

둘째의 마법의 융단은 어느 곳이든 주문만 외우면 잠깐 사이에 날아갈 수 있었고, 셋째가 가지고 있는 마법의 사과는 먹기만 하면 어떤 병이든 감쪽같이 낫게 하는 신통력이 있었다.

그래서 결국 이들 삼 형제가 서둘러 마법 융단을 타고 궁전에 도착하여 공주에게 마법의 사과를 먹게 하자 신통하게도 공주의 병이 씻은 듯이 말끔하게 낫게 되었다.

그렇게 되자 나라 전체가 기쁨에 들떠 많은 백성들은 거

리로 쏟아져 나와 기뻐했다. 왕도 큰 잔치를 벌이고 사위이
자 다음 번 임금이 될 사람을 발표하기로 했다.

그런데 그만 문제가 발생하고 말았다. 이들 삼 형제가 서
로 자기 때문에 공주의 병이 낫게 된 거라 주장했기 때문이
다. 먼저 첫째가 이렇게 주장을 했다.

"제가 가지고 있는 망원경으로 포고문을 보지 못했다면
공주님이 병에 걸려 있는지조차 알 수 없었을 것입니다."

그러자 둘째는 이렇게 주장을 했다.

"하지만 내 마법의 융단이 없었다면 이 먼 곳까지 어떻게
올 수 있었겠습니까?"

가만히 듣고만 있던 막내가 말을 했다.

"그러나 공주의 병을 낫게 했던 마법의 사과가 없었다면
공주님의 병은 낫지 못했을 것입니다."

여기서 여러분이 왕이라면 셋 중 누구를 사위로 맞이하겠
습니까?

그러나 사위가 된 사람은 마법의 사과를 가진 막내였다.
왜냐하면 첫째의 망원경은 아직 그대로 남아 있었고, 둘째
의 마법의 융단도 그대로 남아 있었지만 셋째의 마법의 사

과는 공주의 병을 고치기 위해 공주가 먹었기 때문에 없어졌던 것이다.

이유는 셋째는 공주를 위해 자기가 가지고 있던 모든 것을 준 것이 되기 때문이다. 탈무드에는 남에게 도움을 줄 때 모든 것을 아낌없이 주는 것을 가장 소중하게 여긴다.

*어진 사람은 자기 눈으로 직접 본 것을 남들에게 이야기하고, 어리석은 사람은 자기 눈으로 보지 못하고 귀로만 들은 것을 이야기한다.

041··

자물쇠

어머니가 자물쇠로 문을 잠그고 있었다. 그것을 옆에서 지켜보던 어린 아들이 말을 했다.

"자물쇠로 단단히 잠그는 것은 나쁜 사람이 들어올까 봐 그렇게 잠그는 건가요?"

그러자 그의 어머니는 이렇게 말을 했다.

"그게 아니라, 이렇게 잠그는 것은 정직한 사람을 위해서 잠그는 것이란다. 문이 열려 있으면 정직한 사람이라도 유혹을 받을 수 있기 때문이란다."

＊달콤한 과일에는 벌레가 많이 생기고, 재산이 많으면 근심이 많고, 여자가 많으면 잔소리가 많고, 여종이 많으면 풍기가 문란해지고, 하인이 많으면 도둑도 많이 맞게 되고, 스승보다 많이 배우면 인생은 더욱 풍부해지고, 명상을 오래 하면 지혜도 많아지고, 사람을 만나 유익한 이야기를 들으면 좋은 길이 열리고, 자선을 많이 베풀면 그만큼 널리 평화가 이루어진다.

042··

두 엄마

솔로몬 왕은 매우 현명한 왕으로 알려져 있다.

어느 날 두 부인이 아이 하나를 데리고 와서는 그 아이가 서로 자기 아이라고 주장하며 솔로몬 왕에게 판결을 해 줄 것을 요청하였다.

솔로몬 왕은 여러 경로를 통해 진짜 아이의 엄마가 누구인가 조사해 보았지만 그것은 정말 판결하기가 어려운 일이었다.

그래서 생각한 것이 관례로, 내려오는 대로 그 소유가 불분명할 때는 둘로 나누듯이 아이를 둘로 나누어 두 부인에게 나눠 주라고 명령을 했다.

그러자 한 부인이 기겁을 하며 울부짖으며 말을 했다.

"아이를 둘로 나누실 거라면 차라리 저 여자에게 아이를 넘겨주겠습니다. 흑흑."

그 부인의 모습을 가만히 지켜보던 솔로몬 왕이 말을 했다.

"오호, 당신이야말로 이 아이의 진짜 어머니요!"

그러고는 그 부인에게 아이를 넘겨주었다.

* 사람들은 길에서 넘어지면 먼저 돌을 탓한다.

043··

시집가는 딸에게

나의 사랑하는 딸아.

언제나 남편을 왕처럼 받들도록 하여라. 그러면 남편 또한 너를 여왕처럼 대할 것이다.

그러나 반대로 남편을 노예처럼 여긴다면 남편 또한 너를 하녀 대하듯 다룰 것이다.

그리고 네가 자존심을 세워 남편에게 봉사하기를 꺼려한다면 남편 또한 강압적으로 너를 하녀로 만들 것이다.

남편이 친구의 집을 방문할 때는 깨끗이 목욕을 시키고 단정하게 옷차림에 신경쓰도록 하여라.

반대로 남편의 친구들이 집에 놀러 왔을 때는 온 정성을 다해 극진히 대접하여라. 그러면 남편은 너를 더욱 소중히 여길 것이다.

항상 가정에 마음을 쓰고, 남편의 물건을 소중히 다루어라. 그러면 남편 또한 네 머리 위에 왕관을 씌워 줄 것이다.

---

*한 개의 촛불로 많은 촛불에 불을 붙여도, 처음의 빛은 약해지지 않는다.

복수와 미움의 차이 두 가지 이야기이다.

한 남자가 이웃집 남자에게 말을 했다.

"저, 솥 좀 빌릴 수 있을까요."

그러나 그 남자는 거절을 했다.

얼마쯤 지나 거절했던 남자가 찾아와 말을 했다.

"저, 말을 좀 빌릴 수 있을까요."

그러자 남자가 이렇게 대답을 했다.

"당신이 지난번 솥을 빌려 주지 않았으니 나도 말을 빌려
줄 수 없소."

이것이 복수다.

한 남자가 상대방 남자에게 말을 했다.

"저, 솥 좀 빌릴 수 있을까요."

상대방 남자는 거절을 했다.

얼마쯤 지나 거절했던 사나이가 찾아와 말을 했다.

"저, 말을 좀 빌릴 수 있을까요."

그러자 남자가 이렇게 대답을 했다.

"당신은 나에게 솥을 빌려 주지 않았지만 나는 당신에게 말을 빌려 주겠소."

이것은 미움인 것이다.

* 모자란 사람들은 다른 사람의 수입에 신경을 쓰면서 자신의 낭비에 대해서는 신경쓰지 않는다.

유대인들은 다른 민족을 평가할 때 이 세 가지로 기준을 삼았다.

첫째는 키소(돈지갑을 넣는 주머니)

둘째는 코소(술잔)

셋째는 카소(분노를 나타내는 정도)

이처럼 유대인들은 가진 돈은 어떻게 잘 쓰는지, 술은 어떻게 마시는지, 참을성은 어느 정도인지에 따라 그 사람의 됨됨이를 평가한다.

＊친구의 결점을 먼저 찾으려 애쓰는 사람은 친구 복이 없다.

046··

진정한 효도

한 젊은이가 있었다. 그에게는 금화 6천 개 값에 해당하는 엄청 큰 다이아몬드가 있었다.

어느 날 그 나라에서 제일 부자인 사람이 그 다이아몬드를 사서 자신의 집을 장식하고자 금화 6천 개를 가지고 그 젊은이를 찾아왔다.

그런데 그 젊은이의 아버지가 다이아몬드를 넣어 둔 금고 열쇠를 베개 밑에 두고는 잠이 들어 있던 것이다. 그것을 본 젊은이가 부자에게 이렇게 말을 했다.

"죄송하지만 그 다이아몬드는 팔 수가 없을 것 같습니다. 저렇게 곤히 주무시는 아버지를 깨울 수는 없습니다."

큰 돈벌이가 되는데도 곤히 잠들어 있는 아버지를 깨우지 않기 위해 다이아몬드를 팔지 않았던 아들의 효심에 감동받은 그 부자는 그 이야기를 여러 사람에게 전해 그를 칭찬하였다.

＊항아리 속에 든 한 개의 동전은 시끄럽게 소리를 내지만, 동전이 가득 찬 항아리는 조용하다.

어느 날 한 사나이가 그의 아버지에게 살찐 닭 한 마리를 잡아 드렸다. 그랬더니 그의 아버지가 물었다.

"이렇게 살찐 닭은 어디서 났느냐?"

그러자 그 아들이 이렇게 대답을 했다.

"아버지, 그런 걱정은 하지 마시고 맛있게 많이 드세요."

아버지는 가만히 먹기만 했다.

방앗간에서 쌀을 빻는 한 사나이가 있었다. 그때 왕이 전국의 방아꾼들을 소집한다는 포고령을 내렸다.

그러자 그는 아버지를 자기 방앗간에서 일하게 하고 왕이 있는 성으로 갔다. 그것은 왕이 강제로 소집한 사람들에게 음식도 주지 않고 혹사시키는 것을 알고 있었기 때문에 아버지 대신 자기가 갔던 것이다. 결국 그 아들은 죽어서 천국으로 갔다.

그러나 아버지에게 살찐 닭을 잡아 드렸던 그 아들은 아버지가 묻는 말에 제대로 대답도 하지 않았다. 그래서 그 아들은 죽어서 지옥으로 갔다.

이것은 부모에게는 정성스런 봉양과 소일거리를 드리는 것이 무엇보다 큰 효도였던 것이다.

* 상인이 해서는 안 되는 일이 있다. 첫째는 과대선전, 둘째는 매점매석, 셋째는 저울을 속이는 일이 그것이다.

탈무드에는 어떤 문제에 관한 논쟁이 4개월, 6개월, 혹은 7년이라는 긴 시간 동안 계속 되었다는 기록이 있다. 그래도 결론이 나지 않는 경우 탈무드의 말미에는 '알 수 없다' 라고 씌어져 있는데, '알 수 없을 때는 알 수 없다고 하는 것이 가장 옳다' 는 것을 가르쳐 주고 있는 것이다.

그리고 탈무드에는 어떤 문제에 관해 결론이 내려지더라도 거기에는 반드시 소수의 의견도 함께 기록되어 있다. 소수의 의견은 적어 두지 않으면 곧 없어져 버리기 때문이기도 하다.

*처음 만나는 사람에게는 깍듯하게 경의를 표하라. 그러나 그만큼 의심하라.

049··
무한한 가능성

어떤 사람이 왕의 노여움을 사는 바람에 사형선고를 받게 되었다. 그러자 그 사람은 왕에게 이렇게 탄원서를 냈다.

'왕이시여, 저에게 일 년 동안 시간을 주시면 왕께서 가장 아끼시는 말을 하늘을 날게 하겠습니다. 만약 일 년이 지나도 그 말이 하늘을 날지 못하면 그때 사형을 받아들이겠습니다.'

그렇게 해서 그 사람의 탄원은 받아들여졌다. 그러자 동료 죄수들이 빈정대며 이렇게 놀려 댔다.

"어떻게 말을 하늘에 날 수 있게 하겠다고 하는 건지. 설마 진짜로 말이 날 수 있는 건 아니겠지?"

그러자 그 사람이 대답을 했다.

"일 년이 지나기 전에 왕이 죽을지, 내가 먼저 죽을지 아무도 모릅니다. 또 말이 죽을지…… 일 년 이내에 무슨 일이 일어날지는 아무도 모르는 일입니다. 혹 일 년이 지나면 진짜로 말이 하늘을 날 수 있을지 모르는 일 아닙니까?"

이 이야기가 주는 교훈은 우리의 인생이 무한한 가능성을 지니고 있다는 것을 말해 주고 있는 것이다.

---

*풍족한 사람이란 자신이 갖고 있는 것에 만족할 줄 아는 사람이다.

050··
자선의 방법

사회적으로 성공한 두 친구가 거리를 가고 있었는데 거지를 만나게 되었다. 그러자 한 친구가 얼른 거지에게 돈을 주었다. 그때 옆에 함께 가던 친구가 이렇게 말을 했다.

"그렇게 사람들이 보는 앞에서 돈을 줄 거라면 차라리 안 주는 편이 좋았을 걸세."

*남 앞에서 부끄러워하는 사람과 자기 자신 앞에서 부끄러워하는 사람 사이에는 큰 차이가 있다.

051··

거짓말 두 가지

탈무드에 보면 거짓말에 대해 이 두 가지의 경우에는 허락이 된다.

첫째는 어떤 물건을 산 후에 그 물건이 어떠냐고 물어 오면 그것이 별로 좋아 보이지 않아도 좋은 것이라 말하는 것이다.

둘째는 친구가 결혼을 했을 때, 친구의 부인이 비록 미인은 아닐지라도 정말 아름다운 미인이라 하고 행복하게 잘 살라고 반드시 말하는 것이다.

* 신 앞에서는 울고, 사람 앞에서는 웃어라.

052··

금 그릇과 항아리

비록 얼굴은 못생겼지만 매우 똑똑한 랍비가 있었다.

그러던 어느 날 그가 로마 황제의 딸을 만나게 되었다. 로마 황제는 그 랍비를 보며 말을 했다.

"어허, 그토록 훌륭한 지혜가 이처럼 못생긴 그릇에 담겨져 있었다니……."

그러자 랍비가 황제 옆에 있는 공주에게 엉뚱하게도 궁전에 술이 있냐고 물었고 물론 있다고 하자 랍비가 다시 말을 했다.

"공주님, 술이 있다고 하셨는데 그렇다면 그 술은 어디에다 담아 둡니까?"

그러자 공주가 말을 했다.

"그거야 흔히 두는 항아리나 술병에 담아 두겠지요."

그 말을 들은 랍비는 실망한 표정으로 다시 말을 했다.

"아니, 대 로마제국의 궁전의 술을 그런 흔히 두는 항아리나 술병에 담아 둔다니 정말 놀랍습니다."

그 소리를 들은 공주는 지금까지 쓰던 그릇들을 모조리 금 그릇으로 바꾸었다. 그런데 이상하게도 술맛이 바뀌어 버렸다. 황제가 술맛을 보고는 화가 나서

"어떤 놈이 술맛을 이렇게 만들었느냐?"

그러자 공주가 겨우 기어들어가는 소리로 대답을 했다.

"예…… 그것은 귀한 그릇에 술을 담아 두는 게 낫다고 해서 그만……."

공주는 황제에게 크게 꾸중을 들었다. 화가 난 공주는 그 랍비를 찾아갔다.

"어째서 당신은 나에게 잘못된 일을 하라고 한 것입니까?"

그러자 그 랍비는 차분한 목소리로 이렇게 대답을 했다.

"공주님, 세상에는 아무리 귀하고 아주 훌륭한 것일지라도 때로는 보잘것없는 천한 그릇에 담아 두는 것이 더 좋을 때도 있는 것입니다. 저는 그저 그 사실을 공주님께 알려 드리고 싶었을 뿐입니다."

* 친구에게 돈을 빌려 주지 않는 사람은 친구를 잃지 않는다.

053··

거지와 현인

어느 마을에 올바르고 정직한 사람이 있었다.

그는 평소 현인이나 성인을 만나고 싶어 했기 때문에 항상 마음가짐을 경건히 하며 올바르게 행하고 정직하고 모범적인 생활을 하며 그들이 오기만을 기다리고 있었다.

한 달이 지나고 두 달이 지나 반 년이 지났다. 그리고 일 년이 지나도록 그토록 기다리는 현인은 찾아오지 않았다. 그래도 그는 여전히 기다리며 하루하루를 보내고 있었다.

그러던 어느 날 누더기를 걸친 거지가 찾아왔다.

"죄송합니다만 하룻밤 신세를 좀 지게 해 주시면 고맙겠습니다."

현인을 그토록 애타게 기다리던 터라 실망스러운 목소리로 이렇게 말을 했다.

"어험, 여기가 무슨 여관이나 식당인 줄 아시오."

그러자 그 거지가 말을 했다.

"그렇다면 밥이라도 한술……."

그러나 그는 이렇게 애원하며 구걸하는 거지를 내쫓아 버렸다. 그때 늙은 아버지가 몰인정한 아들을 보며 이렇게 말을 했다.

"어쩌면 그 사람이 네가 그렇게도 애타게 기다리던 현인 일지도 모르는데……."

*사람을 빨리 늙게 하는 네 가지 원인은 공포, 분노, 자녀, 악처이다.

054··

네 말도 옳다

한 젊은 랍비가 현인을 찾아왔다. 조금 있으니까 한 부부가 자신들의 문제를 상담하러 왔다. 현인은 상담하기 전 그 부부에게 옆에 있는 젊은 랍비가 함께 있어도 괜찮겠냐고 양해를 구해 동의를 얻은 다음 상담에 들어갔다.

부부 문제는 두 사람이 합석하게 되면 자신의 주장만을 내세우기 때문에 한 명씩 따로 상담하는 것이 원칙이었으므로 현인도 그렇게 한 사람씩 불러 상담을 하기로 하였다.

먼저 남편의 이야기를 듣고는 현인은 그 남편의 주장에 타당성이 충분하다고 말을 해 주었다. 다음으로 아내와 상담할 때도 그 아내의 주장에 충분한 일리가 있다고 말을 해 주었다. 이렇게 부부와의 상담이 끝나고 현인은 옆에 있던 젊은 랍비에게 물었다.

"이럴 때 자네라면 어떤 결정을 내리겠는가?"

그러자 젊은 랍비가 되물었다.

"선생님, 저는 도대체 이해가 되질 않습니다. 남편의 이야기나 아내의 이야기나 다 옳다고 하지 않으셨습니까? 아까 그 부부는 서로 다른 주장을 했는데도 선생님은 어째서 두 사람의 주장이 모두 옳다고 하신 겁니까?"

그 말에 고개를 끄덕이며 현인은 그 젊은 랍비의 말도 옳다고 했다.

여기서 현인은 사람들의 어떤 문제에 대해 서로 다른 주장으로 맞서게 될 경우, '당신은 옳은데 당신은 옳지 않다'는 식으로 단정해서는 안 된다는 것을 보이고 있는 것이다.

여기서 중요한 것은 서로의 주장이 너무 팽팽하여 감정의 골을 누그러뜨릴 수 있게 해 주어야 하는 것이라 본다. 그러다 보면 결국 양쪽 모두의 주장을 인정해 주고 그들 모두가 이성을 되찾기를 기다린 다음 화해 분위기를 만들어 서서히 풀어나는 것이다.

따라서 이런 갈등에 대해서는 우선 양쪽 주장을 다 인정해 주는 것이 무엇보다 중요한 것이라고 보여 주고 있는 것이다.

*한 마리의 개가 짖기 시작하면, 모든 개가 따라 짖는다.

유대인들은 딸을 결혼시킬 때 전 재산을 팔아 학자와 혼
인하는 것은 좋은 일이며, 학자의 딸을 맞을 때 전 재산을 잃
어도 좋다고 생각한다.

＊지혜로운 자는 빵을 나눌 때 열 번 생각하고 나누지만, 우매한 자는 열 번
을 나누어도 한 번도 생각하지 않는다.

056··

핏줄

어떤 부부에게 아들이 둘 있었다.

그런데 그중 한 아들은 아내가 부정하게 낳은 아이였다. 어느 날 남편은 아내가 다른 사람에게 두 아들 중에 한 명이 아버지가 다른 아이라고 하는 말을 우연히 듣게 되었다. 그러나 두 아들 중에 어느 아들이 진짜 자기 아들인지 도저히 알 수가 없었다.

그 후, 그 남편은 중병에 걸려 죽을 것을 예견하고 유서에다 자기의 핏줄을 타고난 아이에게 전 재산을 준다는 글을 남겼다. 결국 남편이 죽자 그 유서는 재판관에게 넘겨졌고 재판관은 죽은 남편의 핏줄을 찾아야만 했다.

궁리 끝에 재판관은 두 아들을 불러 아버지의 무덤 앞으로 갔다. 그리고는 몽둥이로 그 무덤을 있는 힘껏 내리치라고 했다. 그러자 그중 한 아들이 울면서 말을 했다.

"재판관님, 저는 도저히 저의 아버지 무덤을 치지 못하겠습니다. 흑흑."

재판관은 이 아들을 그의 진짜 핏줄로 판단했던 것이다.

* 나무는 열매로 평가되고 사람은 업적으로 평가된다.

057··

사랑의 힘

이 세상에는 열두 가지 종류의 강한 것들이 있다.

우선 돌을 강한 것으로 들 수 있다. 그러나 그 돌은 쇠에 의해 깎이고 그 쇠는 다시 불에 의해 녹아 버린다. 불 또한 물에 의해 꺼지고 물은 다시 구름 속에 흡수된다. 그 구름은 바람에 의해 날아가 버리지만 그 바람은 절대 사람을 날려 없애지는 못한다. 그러나 그런 사람도 공포에 의해 일그러지고 만다. 이때 그 공포감을 없애기 위해 술을 마시는데 술은 또 잠을 자면 그만이다. 하지만 잠도 죽음을 꺾을 수는 없는 것이다. 그러나 이 죽음조차도 사랑을 이기지는 못한다.

* 죄는 태아였을 때부터 사람의 마음에 싹트기 시작해서, 사람이 자라남에 따라 강하게 된다.

058··
수다쟁이

어느 마을에 수다쟁이 남자가 살고 있었다. 그는 혼자서만 쉴 새 없이 떠들어 대고 다른 사람에게는 좀처럼 말할 기회를 주지 않았다.

하루는 이 남자가 이웃 마을의 대표를 찾아가 말을 했다.

"우리 마을 대표가 당신을 욕하더군요."

그러자 정색을 하며 대답을 했다.

"아니요, 절대로 그럴 리가 없습니다."

그러자 그 남자는 벌떡 일어나 강하게 외치듯 말을 했다.

"아니라니까요. 내 이 귀로 분명히 아주 정확하게 들었다니까요."

그러자 이웃 마을 대표가 이렇게 말을 하는 것이다.

"그럴 리가 없습니다. 왜 그런지 아십니까. 그것은 당신과 말을 하게 되면 그 사람은 아마 한마디도 말할 틈이 없었을 것이니까."

＊사람에게 자신을 갖게 해 주는 세 가지 조건은 좋은 가정, 좋은 처, 좋은 옷이다.

유대인들은 가정에서 아버지가 아들에게 '탈무드'를 직접 가르친다. 그러나 이때 가르치면서 아버지가 너무 무섭게 화를 내거나 지나치게 엄하면 아이들이 배울 마음을 잃는다.

히브리어에서 '아버지'는 '교사'라는 뜻도 있는데 영어에서 기독교 신부를 'father'라고 하는 이유도 다 히브리어에서의 '교사'의 의미를 내포하고 있기 때문이다.

유대 사회에서는 자신의 아버지에 앞서 우선 '교사'를 생각한다. 만약 아버지와 교사가 함께 감옥에 있을 때 이중에 한 사람을 먼저 구해야 한다면 아이들은 아버지보다는 교사를 먼저 구한다.

유대인들은 지혜와 지식을 가르쳐 주는 '교사'를 무엇보다도 중요하게 여기기 때문이다.

＊친구가 꿀을 가지고 있다고 해서 그 친구까지 핥아먹어서는 안 되는 것이다.

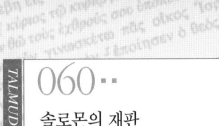

060··

솔로몬의 재판

솔로몬 왕은 아주 뛰어난 지혜를 가지고 있었다.

안식일에 세 사람의 유대인이 예루살렘에 찾아왔다. 당시에는 은행이란 것이 없어 세 사람은 가지고 있던 돈을 함께 땅에 묻었다. 그런데 그중 한 사람이 몰래 땅속에 묻어 놓은 돈을 몽땅 꺼내 갔다.

이튿날 세 사람은 지혜로운 왕으로 널리 알려진 솔로몬 왕을 찾아가 세 사람 가운데 누가 그 돈을 훔쳐 갔는지를 가려내 달라고 했다.

그러자 솔로몬 왕은 이렇게 말을 하며 다음과 같은 이야기를 들려주었다.

"너희들 세 사람은 아주 현명하니, 우선 내가 판결에 곤란을 겪고 있는 어려운 문제를 먼저 풀어 주면 너희들의 문제는 내가 해결해 주겠다."

어떤 처녀가 한 젊은이와 혼인하기로 약속을 하였다. 그런데 그 처녀는 얼마 후 다른 남자와 사랑하게 되어 약혼자를 찾아 헤어지자고 했다. 그 처녀는 약혼자에게 위자료를 지불하겠다고 자청했는데, 젊은이는 위자료는 필요 없다면서 처녀와의 약혼을 즉시 취소해 주었다.

그런데 그 아가씨는 남보다 많은 돈을 가지고 있었던 탓으로 어떤 노인한테 유괴를 당한다. 처녀는 노인에게 이렇게 말을 했다.

"나는 약혼했던 남자한테 파혼을 요청하자 그 남자는 위자료도 받지 않고 나의 부탁을 들어주었어요. 노인장께서도 그 사람처럼 나를 자유롭게 풀어 주세요."

그랬더니 노인은 그녀의 말대로 몸값을 받지 않고 처녀를 풀어 주었다.

그렇다면 이 사람들 가운데서 가장 칭찬을 받을 만한 행동을 한 사람은 누구이겠는가?

첫째 사나이가 먼저 이렇게 대답을 했다.

"처녀가 약혼까지 했으면서도 파혼을 허락해 주고 위자료도 받지 않은 남자라 생각합니다. 왜냐하면 그는 처녀의 의사를 무시하면서까지 결혼하려고 하지 않았고 게다가 위자료도 받지 않았으므로 남자가 칭찬을 받아 마땅합니다."

그러자 두 번째 사나이가 말을 했다.

"그렇지 않습니다. 그 처녀야말로 칭찬을 받아야 합니다. 그녀는 용기를 내어 약혼자에게 파혼을 요구했고, 진정으로 사랑하고 있는 남자와 결혼을 했습니다. 이것이야말로 칭찬을 받아 마땅합니다."

다음으로 세 번째 사나이가 말을 했다.

"저는 도대체 이 이야기는 너무 뒤죽박죽이어서 도무지 영문을 모르겠습니다. 우선 처녀를 유괴한 노인입니다. 노인은 돈 때문에 그 처녀를 유괴한 것인데 돈도 받지 않고 풀어 주다니, 도대체 이야기의 줄거리가 전혀 맞지가 않습니다."

그러자 솔로몬 왕은 갑자기 호통을 치며 말을 했다.

"이놈! 네가 바로 돈을 훔친 놈이다. 다른 사람들은 내 이야기를 듣고, 사랑이나 처녀와 약혼자 사이의 인간관계와 그 사이에 얽혀진 긴장된 감정에 마음을 쏟았는데 네 놈은 돈밖에는 생각하고 있지 않았다. 틀림없이 네가 범인이다!"

---

*물고기가 낚이는 것은, 낚시꾼이나 낚싯대 때문이 아니다. 낚시 바늘에 붙은 미끼 때문이다.

061··

자백

유대인의 법에서는 자기 자신에게 불리한 증언을 하는 것은 무효이므로 '자백'이란 인정되지 않는다.

왜냐하면 오랜 경험에 의해서 고문으로 자백을 받아 내는 경우가 많다는 것을 알고 있기 때문이었다. 그러므로 이스라엘에서는 지금도 자백에 의한 죄는 무효이다.

＊이미 행해진 행동은 변하지 않고 남게 되지만, 그러나 인간은 날마다 변해 간다.

062··
하나님이 맡기신 보석

어떤 랍비가 안식일에 예배당에서 설교를 하고 있을 때였다. 갑자기 그의 두 아이가 집에서 죽고 말았다. 아내는 아이들의 시체를 2층으로 옮긴 뒤 흰 천으로 덮어 주었다.

마침내 랍비가 집으로 돌아오자, 그의 아내가 말을 했다.

"저저…… 당신에게 물어보고 싶은 것이 있어요. 만약에 어떤 사람이 저에게 귀중한 보석을 잘 보관해 달라고 맡기고 갔는데, 어느 날 갑자기 그 사람이 나타나 맡긴 보석을 돌려 달라고 했어요. 그럴 때 어떻게 하면 좋을까요?"

그러자 랍비는 어렵지 않다는 듯이 이렇게 대답을 했다.

"그거야 말할 것도 없이 맡은 보석을 주인에게 돌려주어야 되겠지."

그러자 그때 아내가 울먹이며 말을 했다.

"실은 조금 전에 하나님이 우리에게 맡기셨던 귀중한 보석 두 개를 찾아가지고 하늘로 돌아갔어요."

그말을 들은 랍비는 아내의 말을 알아듣고 아무 말도 하지 못했다.

＊자식이란 학자 앞에서는 어리석지만 그의 아버지 앞에서는 현명하다.

063··

세 명의 자매

어느 마을에 세 자매를 둔 사람이 있었다.

세 자매 모두는 예뻤으나, 그들에게는 한 가지씩 결점을 가지고 있었다. 큰딸은 게으름뱅이이고, 둘째 딸은 훔치는 버릇이 있고, 셋째 딸은 남을 험담하는 버릇이 있었다.

한편, 아들 삼 형제를 둔 어떤 부자가 있었다. 그 부자는 세 딸을 모두 자기네 집으로 결혼시키지 않겠느냐고 청해 왔다. 세 자매의 아버지는 자기 딸들이 가지고 있는 결점을 그대로 말을 했다. 그러자 부자는 그런 점은 자기가 책임지고 고쳐 가겠다고 장담을 했다.

이렇게 해서 이들 세 자매는 시집을 가게 되었다.

시아버지는 게으름뱅이 첫째 며느리에게는 여러 명의 하녀들을 붙여 주었고, 남의 것을 훔치는 버릇이 있는 둘째 며느리에게는 큰 창고의 열쇠를 주어 무엇이든지 가질 수 있도록 해 주었다. 그리고 남을 헐뜯기 좋아하는 셋째 며느리에게는 매일같이 오늘은 험담할 것이 없느냐고 물었다.

어느 날 친정아버지가 딸들이 어떻게 지내고 있는지 궁금하여 사돈집을 찾아왔다. 큰딸은 얼마든지 게으름을 피울 수 있어 즐겁다고 말을 했고, 둘째 딸은 갖고 싶은 것은 무엇이든지 다 가질 수 있어 좋다고 말을 했다. 그러나 셋째 딸은 시아버지가 자기에게 남녀 관계를 꼬치꼬치 묻기 때문에 귀찮다는 대답이었다.

그런데 친정아버지는 셋째 딸의 말만은 믿지 않았다. 그 것은 셋째 딸은 시아버지까지도 헐뜯고 있었기 때문이었다.

* 벌레는 과일이 썩지 않으면 속으로 파고들지 않는다.

어떤 현명한 유대인이 자기 아들을 예루살렘에 있는 학교로 유학을 시켰다. 그런데 그러는 사이에 부친은 중병에 걸리고 말았다.

아무래도 죽기 전에는 아들을 볼 수 없을 것 같아 유서를 썼다. 유서의 내용을 보면 자기의 모든 재산을 한 하인에게 물려주고 아들이 원하는 것 한 가지만은 아들에게 주도록 하라는 내용이었다.

마침내 아버지가 세상을 뜨자. 그 집 하인은 자기에게 행운이 돌아왔음을 기뻐하며 예루살렘의 주인 아들에게 달려가 부친이 돌아가셨다고 전하였다. 그리고 유서를 보여 주었다. 그것을 본 아들은 매우 놀라고 몹시 슬퍼하였다.

아버지의 장례를 치른 아들은 앞으로 어떻게 하면 좋을 것인가를 곰곰이 생각한 끝에 그는 스승인 랍비를 찾아갔다.

"아버지는 어째서 저에게 재산을 조금도 물려주시지 않았을까요? 지금껏 나는 아버지를 실망시키거나 속상하게 한 적이 없는데요."

이렇게 아들이 불평을 하면서 돌아가신 아버지를 원망하자 랍비가 말을 했다.

"자네 부친께서는 매우 현명한 분으로 자네를 진심으로 사랑하셨네. 이 유서를 살펴보면 부친의 마음을 잘 알 수가 있네."

그러자 아들이 원망스럽다는 듯이 말을 했다.

"하인에게 모든 재산을 물려주고 자식인 저에게는 아무것도 남겨 주시지 않았습니다. 자식에 대한 애정이라고는 조금도 없는 분의 한 어리석은 행동으로밖에는 생각되질 않습니다."

그러자 랍비가 다시 말을 했다.

"자네도 부친의 현명함을 배워야 하네. 자네 부친의 진정한 뜻을 이해한다면, 자네에게 훌륭한 유산을 남겨 주신 것을 알 수 있을 걸세."

랍비는 이렇게 한 부친의 뜻을 설명하기 시작했다.

"자네의 부친은 운명할 때 자네가 집에 없었기 때문에, 하인이 재산을 가지고 도망치거나, 아니면 재산을 다 탕진해 버리거나, 심지어는 자신의 죽음마저도 자네에게 전하지 않을 것을 염려하여 모든 재산을 하인에게 주신다고 한 것이네. 모든 재산을 하인에게 주게 되면, 분명 그는 기뻐서 자네에게 달려가 그 사실을 알릴 것이고, 재산도 고스란히 소중하게 간직할 것이라고 생각한 것이네."

그러자 아들이 다시 물었다.

"하지만 그것이 내게 무슨 소용인지 뜻을 잘 모르겠습니다."

그러자 랍비는 답답하다는 듯이 다시 말을 했다.

"역시 자넨 젊은이라 지혜가 좀 부족한 것 같네. 자, 하인의 재산은 모두 주인에게 속한다는 사실을 자네는 모르는가? 자네의 부친께서는 자네가 원하는 것 한 가지만은 자네에게 물려준다고 분명히 말씀하시지 않았나. 그러니까 자네가 그 하인을 선택해 버리면 그것으로 모든 재산은 자네의 것이 되는 것이네. 이 얼마나 현명하고 애정이 깊은 생각이란 말인가. 이제야 알겠나."

그제서야 아버지의 참뜻을 깨달은 젊은이는 랍비가 가르쳐 준 대로 한 다음, 그 하인을 해방시켜 주었다. 그 후로 젊은 아들은 항상 이렇게 말을 했다.

"역시 나이 많은 사람의 지혜는 당해낼 수가 없어."

*행운이 찾아오는 데에는 지혜가 필요하지 않다. 그러나 행운을 붙잡을 때에는 지혜가 필요하다.

065··

무엇 때문에

한 젊은 사람이 아주 바쁘게 주위를 둘러보지도 않고 서둘러 길을 재촉하고 있었다.

그러자 랍비가 그 사람을 불러 이렇게 물었다.

"이보게 젊은이, 무엇 때문에 그리도 급하게 서둘러 길을 가는 것인가?"

그러자 그 젊은 사람이 대답을 했다.

"생활에 쫓겨 그런 것입니다."

그 말을 듣고 랍비가 다시 물었다.

"젊은이, 왜 꼭 그렇게만 생각을 하는 것인가. 지금 생활이 앞서 간다고 생각하고 그것을 쫓고 있는 것이겠지. 하지만 실제로 생활이 젊은이를 쫓아오고 있는 것은 아닐까?"

이렇게 랍비의 말을 듣던 젊은 사람은 다시 급하다는 듯 길을 서둘러 가려 했다.

그러자 랍비가 이렇게 말을 했다.

"젊은이, 젊은이는 생활이 쫓아오기만을 기다리고 있어도 될 텐데, 왜 자꾸 생활에서 멀어지려고만 하는 것인가?"

*위대한 사람에게는 반드시 위대한 적이 있다.

066··

붕대

법률을 보면 마치 약(藥)과도 같은 것을 알 수 있다.

어느 임금이 상처를 입은 아들에게 붕대를 직접 감아 주면서 이렇게 말을 했다.

"애야! 앞으로 이 붕대가 풀리지 않도록 항상 조심하여라. 이 붕대를 감고 있을 때만큼은 먹거나 뛰거나 물에 들어가도 아프지 않을 것이다. 하지만 이 붕대를 풀게 되면 상처가 더 심해질 것이니라."

사람도 이 이치와 비슷한 것이다. 사람의 마음속에는 나쁜 쪽으로 자꾸 치우치는 성질이 있으나, 법률을 지키고 벗어나려 하지 않으면 결코 성질이 나쁘게 바뀌는 일은 없는 것이다.

＊하나의 예를 드는 것은 단지 하나의 예를 든 것뿐이다.

067 ··

임대료

한 사내가 방앗간을 내면서 이웃집 주인에게 물레방아를 빌리는 대신 임대료로 이웃집 곡식을 모두 찧어 주기로 했다.

그 후 이웃집 주인은 살림이 넉넉해지자 물레방아를 몇 개 더 샀기 때문에 곡식 찧는 일을 방앗간에 의뢰할 필요가 없게 되었다. 어느 날 방앗간을 찾아갔다.

"이젠 곡식을 대신 찧어 주지 않아도 될 것 같습니다. 그 대신 물레방아 임대료를 돈으로 주셨으면 하는데……."

그러자 방앗간 주인이 어이없어 하며 이렇게 말을 했다.

"그럴 수는 없습니다. 우리의 계약은 분명히 곡식을 빻아 주기로 돼 있었습니다. 돈으로는 줄 수 없습니다."

두 사람은 옥신각신하다가 재판관을 찾아가 판결을 받기로 했다. 재판관은 이렇게 판결을 내려 주었다.

"만약에 방앗간 주인이 돈을 지불할 능력이 없다면, 원래 계약한 대로 임대료 대신 곡식을 빻아 주어야 하네. 하지만 방앗간 주인이 일을 열심히 해서 임대료를 돈으로 지불할 능력이 있다면 임대는 당연히 돈으로 지불해야 하네."

＊인간의 탄생과 죽음은 책의 앞면과 뒷면 같은 것이다.

옛날 이스라엘의 한 농촌에서 일어났던 일이다.

그 농촌에는 뱀이 아주 많았다. 다 외출을 한 집에 우유통이 있었는데 마침 뱀 한 마리가 그 우유통 속으로 빠졌던 것이다. 겨우 그 뱀은 우유통에서 빠져나갔지만 그 뱀은 독사였으므로 우유통 속의 우유에는 뱀의 독이 금방 퍼져 들었다. 물론 이 사실을 알고 있는 것은 집에 있던 개뿐이었다.

한참 뒤 외출에서 돌아온 식구들이 우유를 마시려 하자 개가 몹시 짖어대기 시작하였다. 그러나 식구들은 그 개가 왜 그렇게 자꾸 짖어 대는지 알 수가 없었다.

그때 식구 중 한 사람이 그 우유를 마시려 했다. 그러자 개가 갑자기 덤벼드는 바람에 우유가 엎질러지고 말았다. 개는 그것을 핥아먹고는 그 자리서 죽고 말았다. 그제서야 식구들은 그 우유에 독이 들어 있다는 사실을 알게 되었다. 가족들은 그 개를 끌어안고 모두 슬픔에 잠기고 말았다. 이렇게 죽은 개는 그 후로 랍비들로부터 칭송을 받았다.

*스스로 의롭다고 생각하는 사람보다 스스로 악인이라고 생각하는 사람이 더 귀한 존재다.

한 로마 장교가 랍비를 만나 이렇게 말을 했다.

"유대인은 매우 현명하다는 말을 들었습니다. 오늘 밤에 제가 무슨 꿈을 꾸게 될지 알려 줄 수는 없겠습니까."

그 당시 로마의 가장 큰 적국은 페르시아였다.

그러자 랍비가 대답을 했다.

"페르시아 군이 로마를 공격하여 로마 군을 대파하고 로마를 지배하게 될 것이며, 로마 사람들을 노예로 삼아 로마 사람들이 제일 싫어하는 일을 시키는 꿈을 꿀 것이오."

이튿날 로마 장교가 다시 랍비를 찾아와서 물었다.

"어떻게 당신은 제가 꾸게 될 꿈을 미리 예언할 수 있었습니까?"

꿈이란 암시에서 비롯한다는 것을 그 장교는 몰랐던 것이고, 자신이 그 암시에 걸려 있었다는 것조차도 모르고 있던 것이다.

＊마음에 바를 수 있는 약은 없다.

070··
술의 역사

최초의 인간이 포도나무를 키우고 있었다.

그때 악마가 찾아왔다.

"지금 무엇을 하고 있는 거야."

그러자 인간이 대답하였다.

"지금, 아주 근사한 식물을 키우고 있지."

악마는 매우 놀라워했다.

"이런 식물은 처음 보는 것 같은데."

그러자 인간은 악마에게 친절하게 설명해 주었다.

"이 식물에는 아주 달고 맛있는 열매가 열리는데, 익은 다음 그 즙을 내어 마시면 아주 행복해지지."

그러자 악마는 자기도 꼭 한몫 끼워 달라 하고는, 양, 사자, 원숭이, 그리고 돼지를 데리고 왔다. 그리고 악마는 이 짐승들을 죽여 그 피를 거름으로 썼다. 포도주는 이렇게 해서 세상에 처음으로 생겨났다고 한다.

그래서 술을 처음 마실 때에는 양같이 온순하고, 조금 더마시게 되면 사자처럼 사납게 되고, 거기서 조금 더 마시게 되면 원숭이처럼 춤추거나 노래를 부르며, 더 많이 마시게 되면 토하고 뒹굴고 하여 돼지처럼 추하게 된다.

이것은 악마가 인간들에게 준 선물이었던 것이다.

*동료가 없더라도 자기 혼자서 해 나갈 수 있다고 생각하는 것은 잘못된 것
이다. 그리고 동료가 없으면 혼자서 해 나갈 수 없다고 생각하는 것도 잘못이
다. 또 자기가 없으면 동료가 해 나갈 수 없다고 생각하는 것은 더욱 큰 잘못
이다.

071··

삼키는 것

세상의 모든 동물들이 뱀을 앞에 놓고 나무랐다.

한 동물이 말을 했다.

"사자란 놈은 먹이를 쓰러뜨린 다음 먹고, 늑대는 먹이를 찢어 내어 먹는데 그런데 뱀아, 너는 어째서 먹이를 송두리째 삼켜 버리느냐 말이다."

그러자 뱀은 이렇게 대답을 했다.

"나는 잔인하게 남을 물어뜯는 놈보다는 낫다고 생각해. 나는 적어도 입으로 상대방을 상처나게 하지는 않거든."

＊가난한 사람은 적이 많지 않고, 부자는 친구가 많지 않다.

072··

결혼

'1미터의 담이 100미터의 담벽보다 낫다'는 그런 말이 있다. 즉, 1미터의 담은 오랫동안 똑바로 서 있을 수 있지만, 100미터의 담벽은 쉽게 무너질 수 있기 때문이다.

인간이 평생을 성행위를 하지 않고 산다는 것은 전혀 불가능한 일이므로, 이것을 100미터의 담벽에 비유한 것이다.

따라서 아내가 없는 유대인은 생활 속에 행복도 없고, 하나님의 축복도 받지 못하고, 선행도 많이 쌓지 못한다. 남자는 18세에 결혼하는 것이 가장 좋다고 〈탈무드〉는 말하고 있다.

＊이 세상에서 누구보다 행복한 사람은 현명한 부인을 가진 사람이다.

약속

어느 날 한 소녀는 혼자서 산책하다가 그만 길을 잃고 어느 우물가에 이르게 되었다.

그녀는 목이 너무 말라 두레박줄을 타고 내려가 물을 마셨는데, 다시 올라가려고 하니 올라갈 수가 없었다. 그래서 그녀는 도움을 청하기 위해 큰소리로 울기 시작했다. 때마침 그곳을 어떤 청년이 지나다가 그녀를 구해 주었다. 이 일을 계기로 두 사람은 곧 사랑을 맹세하게 되었다.

그런 일이 있은 뒤 청년은 다시 길을 떠나게 되어, 소녀와 작별을 하게 되었다. 그들은 서로가 사랑을 성실히 지킬 것을 약속하였고 결혼할 수 있는 날까지 언제까지라도 기다리자고 굳은 약속을 했다. 그들은 이 약속의 증인이 되어 줄 누군가를 찾아보다가 그들 옆을 지나간 족제비와 그 옆에 있는 우물을 증인으로 삼기로 했다.

그 후 몇 년의 세월이 지났다. 그녀는 서로의 약속을 지키며 그 청년을 기다렸지만 그녀를 떠난 청년은 다른 여자와 결혼하여 아이도 낳고 약속을 잊은 채 행복하게 살고 있었다.

그러던 어느 날엔가 아이가 풀밭에서 놀다 그만 잠이 들었는데 그때 족제비가 나타나 그 아이의 목을 물어 죽였다. 그의 부모들은 매우 슬퍼하였다.

그 일이 있은 후 그 부부에게는 또 아이가 태어나 그전처럼 행복한 나날을 보내게 되었다. 아이는 걸어 다닐 수 있을 만큼 자랐는데 우물가에서 놀다가 그만 우물에 빠져 죽고 말았다.

그 청년은 그제서야 옛날 그녀와의 약속이 생각났고, 그때 두 사람의 증인이 족제비와 우물이었다는 사실도 생각해 내었다. 그는 아내에게 그때의 이야기를 자세히 설명하고는 헤어지기로 하였다.

그리고 그 청년은 약속한 소녀가 있던 마을로 돌아왔다. 그 소녀는 그때까지 약속을 지키며 혼자서 그를 기다리고 있었다. 마침내 두 사람은 결혼하여 아주 행복하게 잘 살았다.

* 모르는 사람에게 베푸는 친절은 천사에게 베푸는 친절과 같다.

074··
가정의 평화를 위하여

설교를 매우 잘하기로 유명한 랍비가 있었다.

그는 매주 금요일 밤이면 어김없이 설교를 했는데, 한꺼번에 몇 백 명씩 몰려들어 그의 설교를 듣곤 하였다.

그중 그의 설교를 매우 좋아하는 여인이 있었다. 다른 여자들은 금요일 밤이 되면 안식일에 먹을 음식을 만드느라 바쁜데, 그 여자만은 이 랍비의 설교를 들으러 나왔다.

그날 따라 그 랍비의 설교가 많이 길어졌다. 그 여인은 그 설교에 만족한 마음으로 집으로 돌아왔다. 그런데 남편이 문에서 그녀를 기다리고 있다가 내일이 안식일인데 음식은 장만하지 않고 어디를 쏘다니냐며 화를 내며 물었다.

"도대체 어디를 갔다 왔어!"

그의 아내는 미안한 얼굴로 말을 했다.

"예배당에서 랍비님의 설교를 듣고 오는 길이예요."

그러자 남편은 더욱 화를 내며 소리쳤다.

"뭐야. 그렇다면 그 랍비의 얼굴에 침을 뱉고 오기 전에는 절대로 집에 들어올 생각도 하지마!"

남편에게 쫓겨난 아내는 할 수 없이 친구 집에서 머물며 남편과 별거하였다.

이 소문을 들은 그 랍비는 자기의 설교가 너무 길었기 때문에 한 가정의 평화를 깨뜨렸다고 몹시 후회했다. 그러고는 그 여인을 불러 눈이 몹시 아프다고 호소하면서 이렇게 간청하였다.

"남의 타액으로 씻으면 낫게 된다는데, 당신이 좀 씻어 주시오."

그리하여 여인은 할 수 없이 랍비의 눈에다 침을 뱉게 되었다. 여인이 돌아가자 랍비의 친구가 물었다.

"자넨, 어째서 여자가 얼굴에 침을 뱉도록 허락한 것인가?"

그러자 랍비는 이렇게 말을 했다.

"한 가정의 평화를 되찾기 위해서는 그보다도 더한 일도 나는 할 수 있다네."

* 싸움을 잠재우는 가장 좋은 약은 침묵이다.

113

한 사람이 이웃집 여인을 짝사랑하여 한 번 성관계를 갖기를 바라고 있었다. 그러던 어느 날 밤 그는 드디어 그 여인과 성관계를 갖는 꿈을 꾸었다.

탈무드에 의하면 그것은 좋은 일이라고 했다. 왜냐하면, 꿈이란 간절한 소망의 한 표현으로 실제 성관계를 가졌다면 그런 꿈을 꿀 까닭이 없기 때문이다.

이것은 스스로 자기 자신을 그 만큼 억제하고 있다는 증거이기 때문에 매우 좋은 일인 것이다.

* 사람이 바꾸고 싶어도 안 되는 것이 자기의 부모이다.

076··
벌거벗은 임금님

마음씨가 매우 착한 부자가 살고 있었다.

그는 많은 물건을 배에 실어 주면서 그의 노예에게 어디든지 좋은 곳을 찾아가 행복하게 살라고 그의 신분을 해방시켜 주었다.

노예의 배는 넓은 바다로 나아갔다. 그때 배는 매우 심한 폭풍우를 만나 침몰하고 말았다. 배에 가득 실었던 많은 물건들을 다 잃어버린 노예는 겨우 몸뚱이 하나만 살아남아 가까스로 가까운 섬에 이르렀다. 그러나 모든 것을 잃은 노예는 몹시 슬픔에 잠겨 있었다.

그 노예는 얼마 동안인가 그 섬을 헤매다가 큰 마을을 만났다. 노예는 옷을 하나도 걸치지 않은 알몸뚱이였다. 하지만 마을에 이르자 마을 사람들은 환호성을 올리며 그를 맞이하였다.

"임금님 만세!"

마을 사람들은 그를 왕으로 추대하였다. 그는 호화스런 궁전에 살게 되었다. 모든 것이 꿈을 꾸고 있는 것만 같았다. 아무래도 이상해서 한 사람에게 물었다.

"도대체 어찌된 일인가? 알몸으로 도착한 내가 이렇게 왕

이 되다니?'

그러자 그 사람은 이렇게 대답을 했다.

"우리는 살아 있는 인간이 아닙니다. 우린 모두 영혼이지
요. 그래서 일 년에 한 번씩 살아 있는 인간이 이 섬으로 와
서 우리들의 왕이 되어 주기를 바라고 있습니다. 그러나 조
심하십시오. 임금님께서는 일 년이 지나면 이 섬에서 쫓겨
나 생물도 없고 먹을 것도 없는 섬에 혼자 버려질 것입니
다."

왕이 된 노예는 그 사람에게 고맙다는 인사를 하였다.

"참으로 고맙네. 그렇다면 지금부터라도 일 년 뒤를 대비
해 여러 가지 준비를 해야겠군."

그래서 그는 사막과 같은 섬에 가서, 꽃도 심고 과일나무
도 심어 일 년 후의 일에 대비하는 일을 시작했다.

일 년이 지나자 그는 예견한 대로 그 행복한 섬에서 쫓겨
났다. 지금까지 호화스런 생활을 하던 왕이었지만, 그가 이
섬에 왔을 때와 똑같이 알몸뚱이 신세가 되어 죽음의 섬으
로 쫓겨날 수밖에 없었다.

사막처럼 황폐했던 그 죽음의 섬에 도착하여 보니, 갖가

지 꽃이 피고 과일이 열린 살기 좋은 땅이 되어 있었다. 또 일찍이 그 섬으로 쫓겨 온 사람들도 그를 반갑게 맞아 주었다. 그리하여 그는 그 사람들과 함께 행복하게 잘 살 수가 있었다.

이 이야기는 상징적인 의미를 시사해 준다. 앞의 선량한 부자는 하나님이고, 노예는 인간의 영혼이며, 노예가 표류하다가 상륙한 섬은 이 세상이며, 그 섬의 사람들은 인류요, 일 년 후 쫓겨 간 섬은 내세인 것이며, 그곳에 있는 온갖 꽃과 과일들은 선행의 결과인 것이다.

---

*실패하는 것을 두려워하는 것은 실패한 것보다 더 나쁘다.

환자를 문병을 가 위로하면, 그 환자의 병은 60분의 1쯤은 낫는다. 그렇다고 60명이 일시에 문병을 간다고 해서 환자의 병이 단번에 완쾌되지는 않는다.

죽은 사람의 무덤을 찾아가는 것은 가장 고상한 행위이다. 문병은 환자가 나으면 그 사람으로부터 감사의 인사를 받을 수 있지만 죽은 사람은 아무런 인사도 할 수 없기 때문이다.

즉 감사를 바라지 않고 하는 행위야말로 진정으로 아름다운 행위인 것이다.

*영웅의 첫발은 용기를 갖는 일이다.

078··

일곱 가지 계율

유대인들에게는 천사가 당부한 613가지의 계율이 있다. 그러나 유대교에서는 굳이 비 유대인들을 유대화하려 하지 않았기 때문에 그들에게 선교사를 보내는 일은 하지 않았다. 다만 서로 간의 평화로운 관계를 유지하기 위하여 비 유대인들에게는 일곱 가지 계율만을 당부하였다.

첫째, 살아 있는 동물을 죽여 바로 날고기로 먹지 말라.

둘째, 남을 욕하지 말라.

셋째, 도둑질하지 말라.

넷째, 법을 어기지 말라.

다섯째, 살인을 하지 말라.

여섯째, 근친상간을 하지 말라.

일곱째, 도리에 어긋나는 관계를 맺지 말라.

＊사랑에 빠진 사람은 다른 사람의 충고를 들으려 하지 않는다.

이 세상 최초의 인간은 빵 하나를 만들어 먹기 위하여 얼마나 많이 일을 해야 했을까.

우선 밭을 갈아 씨앗을 뿌리고, 그것을 잘 가꾸어 거두어드리고, 잘 빻아 가루로 만들고, 반죽하고, 굽는 등 여러 단계의 과정을 거치지 않고는 안 되었을 것이다. 그러나 지금은 돈만 있으면 빵집에서 이미 만들어 놓은 빵을 손쉽게 구할 수 있다.

옛날에는 혼자서 모두 해야 했던 일을 지금은 여러 사람이 함께 나누어 하고 있기 때문이다. 그러므로 빵을 먹을 때는 많은 사람들에게 감사하는 마음을 잊어서는 안 되는 것이다.

최초의 인간은 자기가 입을 옷 하나를 만들기 위하여 또 얼마나 많은 일을 해야 했을까.

들에 가서 양을 사로잡고, 그것을 키워 털을 깎고, 그 털로 실을 만들고, 옷감을 짜고, 그것으로 다시 옷을 지어 입기까지는 상당히 많은 수고가 필요했을 것이다.

그런데 지금은 돈만 있으면 옷가게에서 자기 마음에 드는 옷을 실컷 사 입을 수 있다.

옛날에는 혼자서 모두 해야 했던 일을 지금은 여러 사람이 함께 나누어 하고 있기 때문이다. 그러므로 옷을 입을 때는 많은 사람들에게 감사하는 마음을 잊어서는 안 되는 것이다.

* 많은 것을 가진 부자에게는 자식이 없고 상속인만 있다.

080
상인의 은화가 든 지갑

어떤 상인이 도시에 물건을 사러 갔을 때 며칠 후에 할인 판매가 있다는 소식을 듣고는 그때까지 기다렸다가 물건을 사기로 하였다. 그러나 그에게는 많은 현금을 몸에 지니고 있었으므로 몹시 불안했다. 그래서 그는 조용한 곳으로 가서 가지고 있던 돈을 전부 땅에 묻어 두었다.

그런데 다음 날, 그가 그곳에 가 보았더니 돈이 모두 없어졌다. 아무리 생각을 해 보아도 자기가 돈을 땅에 묻은 것을 본 사람은 아무도 없었기에 그는 돈이 없어진 이유를 도저히 알 수가 없었다.

알아본 결과 그곳에서 멀리 떨어진 곳에는 집이 한 채 있었는데, 그는 그 집 벽에 구멍이 뚫려 있다는 사실을 알아냈다. 그는 그 집에 살고 있는 사람이 자기가 돈을 묻는 것을 그 구멍을 통해 보고 있다가 나중에 꺼내 간 것이 틀림없다고 생각했다. 상인은 그 집에 살고 있는 늙은 영감에게 말을 했다.

"노인장은 도시에 살고 있으니 지혜가 많으리라 생각되는군요. 제게 지혜를 좀 빌려 주십시오. 저는 이 도시에서 물건을 사기 위해 지갑 두 개를 가지고 왔습니다. 하나는 은화 500개, 다른 지갑에는 은화 800개가 들어 있습니다. 저는 작은 지갑을 아무도 모르는 어떤 곳에 묻어 두었는데, 나머지 큰 지갑도 땅속에 묻어 두는 것이 좋을지, 아니면 믿을 만한 사람에게 맡겨 두는 것이 좋을지요? 어떻게 하는 것이 좋을지 고민하고 있습니다."

그러자 늙은 영감은 이렇게 대답을 했다.

"내가 만일 젊은이라면, 우선 먼저 지갑을 묻어 둔 곳에다 큰 지갑도 같이 묻어 두겠소. 누구건 믿을 만한 사람이라고 해도 사람의 마음은 모르니까요."

상인이 돌아가자 욕심쟁이 영감은 자기가 훔쳐 온 지갑을 재빨리 그곳에다 다시 묻었다. 상인은 그것을 숨어서 보고 있다가 지갑을 무사히 찾아낼 수 있었다.

*한 사람의 아버지는 열 자녀라도 양육할 수 있으나, 열 자녀는 한 아버지를 봉양할 수 없다.

　한 사람이 오랜 여행을 계속한 탓에 몹시 지쳐 있었고 굶주림과 갈증에 시달리고 있었다.

　그 사람은 사막을 한참을 걸은 후에야 간신히 오아시스에 이르렀다. 그는 지친 몸을 나무 그늘에서 쉬며 굶주린 배를 과일로 채우고, 시원한 물로 갈증을 푼 다음 겨우 휴식을 취할 수 있었다.

　그러나 그는 여행을 계속하기 위하여 길을 떠나야만 했다. 그는 그늘을 주었던 나무에게 감사하며 작별 인사를 고했다.

　"나무야, 정말 고맙구나. 나는 고마운 마음을 어떻게 전해야 할지 모르겠구나. 너의 과일이 맛있게 되기를 빌고 싶지만, 네 과일은 이미 충분하게 맛이 있고, 상쾌한 나무 그늘을 갖도록 빌고 싶지만, 네 그늘은 이미 충분히 시원하고, 네가 더욱 무럭무럭 잘 자라도록 충분한 물이 있기를 빌고 싶지만, 네게는 이미 충분한 물이 있구나. 그러니 내가 너를 위해 할 수 있는 것은 오직 네가 더 많은 열매를 맺어, 그 열매가 많은 나무들이 되어 너와 똑같이 아름답고 훌륭한 나무로 자라도록 비는 것밖에는 없구나."

당신이 작별하는 사람에게 무엇인가를 빌고 싶을 때, 그 사람이 더욱 현명해지기를 빌고 싶어도 이미 충분히 현명하고, 부자가 되기를 빌고 싶어도 이미 충분한 부자이고, 남들로부터 사랑받는 선량한 사람이 되기를 빌고 싶어도 이미 많은 사람으로부터 충분하게 사랑받는 선량한 사람일 때, 당신은 작별 인사를 어떻게 하는 것이 좋겠습니까?

"부디 당신의 자녀들이 당신처럼 훌륭한 사람이 되기를 빕니다."

*사람은 누구나 어른이 되지 않는다. 다만 아이로서 나이를 한 살씩 먹을 뿐이다.

082··

당나귀와 다이아몬드

어떤 랍비가 있었다.

그는 나무장사로 생계를 꾸려가고 있었다. 그는 산에서 나무를 해 시내로 내다 팔았다. 어느 날, 그는 나무를 팔기 위해 오고 가는 시간이 너무 많이 든다고 생각을 하고 그 시간에 〈탈무드〉 공부를 할 생각으로 장터에서 당나귀를 한 마리 사 왔다.

랍비가 당나귀를 산 것을 기뻐하며 그의 제자들은 냇가에서 당나귀를 물로 씻겨 주었다. 씻기고 있는데 당나귀의 목에서 큰 다이아몬드 한 개가 떨어졌다. 제자들은 크게 기뻐하면서 이제 랍비는 가난을 면하고 자기들을 가르칠 시간이 많아지겠다고 즐거워했다.

그러나 랍비는 그 다이아몬드는 당나귀를 판 아랍인의 것이라며 즉시 돌려주라고 제자들에게 명하였다. 그러자 제자가 이렇게 물었다.

"아니, 이것은 선생님이 산 당나귀가 아닙니까?"

그러자 랍비는 이렇게 대답을 했다.

"물론 내가 산 당나귀네. 하지만 내가 산 것은 당나귀이지 다이아몬드를 산 것이 아니네. 나는 내가 돈으로 주고 산 것만 가지면 되는 것이네.”

결국 랍비는 아랍인에게 그 다이아몬드를 돌려주었다. 그러자 아랍인은 의아해하며 이렇게 물었다.

“당신은 이 당나귀를 샀고 다이아몬드도 이 당나귀에서 나왔는데, 왜 그것을 내게 돌려주는 것이오.”

그러자 랍비가 그에게 이렇게 대답을 했다.

“유대의 전통은 돈을 내고 산 물건 이외에 더 가져서는 안 됩니다. 그래서 돌려주는 것입니다.”

이에 아랍인은 이렇게 칭송하였다고 한다.

“유대인들의 신은 참으로 훌륭한 신이군요.”

＊가장 친절한 지혜는 친절함과 겸허함이다.

083··

비(非) 유대인

어떤 왕이 많은 양들을 기르고 있었다.

그는 양치기를 시켜 그 양들을 날마다 방목하게 하였다. 그러던 어느 날, 양과는 전혀 다르게 생긴 동물 한 마리가 양 떼 속에 끼어들었다.

양치기는 왕에게 물었다.

"이상한 동물 한 마리가 양떼 속에 끼어들었는데, 어떻게 해야 할까요?"

그러자 왕은 이렇게 일렀다.

"그 동물을 각별히 잘 보살펴 주어라."

양치기가 의아한 표정을 짓자, 왕이 다시 말을 했다.

"내 양들이야 처음부터 내 양으로 자라 왔으니 별로 걱정할 것이 없지만, 그 낯선 짐승은 지금까지 전혀 다른 환경에서 자랐을 텐데도 이렇게 내 양들과 똑같이 행동하고 있으니, 그 얼마나 좋은 일이냐?"

유대인들은 태어날 때부터 유대의 전통 속에서 자라 왔다. 그래서 유대의 전통이 아닌 다른 환경에서 성장한 사람이 유대 문화를 이해하고 유대화한 경우에는, 원래 유대인보다 더 존경을 받게 된다.

〈탈무드〉에는 이 세상 사람들이 어떤 신앙을 갖고 있던 선한 사람은 모두 영원한 생명의 구원을 받게 되므로 그들을 굳이 유대화시키려고 애쓰지는 않는다고 씌어져 있다.

*오늘 현재의 앞일도 모르면서 내일 일어날 일을 미리 걱정하지 말라.

로마의 역대 황제 중에 유대인을 특히 제일 미워한 하드리아누스라는 황제의 이야기다.

어느 날이었다. 어떤 유대인이 그 황제 앞을 지나가며 인사를 올렸다.

"폐하, 안녕하셨습니까?"

그러자 황제가 물었다.

"너는 누구냐?"

그러자 그 유대인은 이렇게 대답을 했다.

"폐하, 저는 유대인입니다."

그러자 갑자기 황제는 이렇게 명령했다.

"당장 저놈을 처형하라."

그 다음 날 또 다른 유대인 하나가 황제 앞을 지나게 되었는데, 그는 황제에게 인사도 하지 않고 그냥 지나쳤다. 그러자 황제가 이렇게 명령했다.

"로마 황제에게 경의를 표하지 않은 저 불경한 놈의 목을 쳐라."

그러자 옆에 있던 신하들이 이상하게 생각하고 황제에게 물었다.

"폐화, 폐하께서는 어제는 인사한 사람을 처형하셨는데, 오늘은 인사를 하지 않은 사람을 또 처형하셨습니다. 도대체 어찌된 일이십니까?"

그러자 황제가 대답을 했다.

"내가 한 일은 양쪽이 모두가 다 옳은 것이다. 그대들은 잘 모르는 일이지만, 나는 유대인을 다루는 방법을 알고 있네."

아무튼 유대인이 어떤 행동을 하든간에 반 유대인이었던 황제 하드리아누스는 유대인이란 이유만으로 유대인을 처형했다는 이야기인 것이다.

＊인간에게 가장 가까운 벗은 지성이며, 가장 무서운 적은 욕망이다.

085··
위기를 극복한 부부

결혼 10년째를 맞이한 부부가 있었다.

이들은 부부 사이가 매우 좋아서 겉으로는 퍽 행복해 보였지만 남모르는 고민이 있었다. 그들에게는 아이가 없어 친척들로부터 이혼할 것을 강요받아 왔다는 것이다.

유대의 전통에는 결혼한 지 10년이 되어도 아이를 얻지 못하면 이혼을 할 수 있는 조건이 성립된다.

그러나 이들 부부는 헤어지는 것을 바라지 않고 있었다. 하지만 가족들과 친척들이 강력하게 요구하고 있어, 남편은 어쩔 수 없이 랍비를 찾아가 의논하게 되었다.

남편은 사랑하는 아내와 설사 이혼을 하더라도 아내에게 굴욕감을 주지 않고 평온하게 헤어지기를 원하고 있었다.

그래서 랍비와 남편은 진지하게 의논을 하였다.

"남편은 먼저 아내를 위한 성대한 잔치를 베풀게나. 그리고 거기서 지난 십 년간 지금까지 함께 살아오면서 느꼈던 아내의 훌륭했던 점을 많은 사람들 앞에서 자랑하게나."

"잘 알겠습니다. 그렇게 된다면 많은 사람들은 제가 아내가 싫어서 헤어지는 것이 아니라는 걸 알게 되는 것이겠죠. 그런데 사랑하는 아내에게 선물을 주고 싶습니다."

"그래, 무엇을 주고 싶은가?"

"아내에게 오래도록 소중하게 간직할 수 있는 그런 선물을 주고 싶습니다."

"음, 그렇다면 잔치가 다 끝나갈 때쯤 아내에게 묻게나 '내가 가지고 있는 것 중에서 당신이 갖고 싶은 것 한 가지만 말해 보라고 그것이 무엇이건 내 선물로 당신에게 주겠소.' 이렇게 말일세."

랍비는 남편을 먼저 돌려보내고 그 아내에게도 같은 말을 하도록 권하였다.

잔치가 끝나자 남편은 아내에게 간직하고 싶은 것을 한 가지만 말하라고 하였다.

그러자 아내는 이렇게 말을 했다.

"저는 당신을 선물로 갖고 싶습니다."

결국 이들 부부는 헤어지지 않았고, 그 후 아이까지 낳게 되어 행복하게 잘 살았다.

*아무리 아름다운 소리로 우는 새라도 먹을 때는 조용해진다.

133

086··
두 개의 머리를 가진 아이

한 교수가 '민족'에 대한 강의 중에 학생들에게 이렇게 물었다.

"만약 아이가 태어났는데 머리가 두 개라면 그 아이를 한 사람으로 세어야 하는가, 아니면 두 사람으로 세어야 하겠는가?"

그러자 한 학생이 대답을 했다.

"비록 머리가 둘이지만 몸이 하나라면 한 사람으로 세어야 합니다."

그러자 다른 학생이 이렇게 말을 했다.

"머리 하나 하나를 한 사람으로 세어야 합니다."

그러자 그 교수님은 이렇게 답을 내려 주었다.

"그렇다면 만약 한쪽 머리에 뜨거운 물을 부었을 때, 다른 쪽 머리도 비명을 지른다면 한 사람일 것이고, 그와 반대로 다른 쪽 머리가 아무런 반응을 보이지 않는다면 이것은 두 사람인 것이네."

---

*길을 열 번 묻는 것이 한 번 길을 헤매는 것보다 낫다.

어떤 현명한 재판관이 어느 날 시장 거리에서 많은 장물들이 그곳에서 거래되고 있다는 사실을 알게 되었다.

그는 많은 사람들과 도둑들에게 경종을 주기 위해 많은 사람들이 모인 곳에서 족제비 한 마리에게 작은 고깃덩이 하나를 주었다. 그러자 족제비는 고깃덩이를 물고 곧바로 자기의 작은 굴로 가 감추었다. 사람들은 족제비가 고깃덩이를 감춘 것을 쉽게 알 수가 있었다.

재판관은 족제비의 작은 굴을 막아 버린 다음, 이번에는 더 큰 고깃덩이를 족제비에게 주었다. 그러자 족제비는 고깃덩이를 문 채 재판관 앞으로 돌아왔다. 족제비는 가지고 있는 고깃덩이를 처치할 수 없게 되자 그 고기를 준 사람에게 다시 가지고 돌아온 것이다.

족제비와 재판관의 이 일을 지켜본 사람들은 시장으로 달려가 자신들이 도둑맞은 물건들이 시장에서 다시 팔리고 있다는 사실을 알게 되었고 결국 자신들이 도둑맞은 물건들을 다시 찾아갈 수 있었다.

*부자도 굶주림에 고통받을 때가 있다. 굶으라는 의사의 지시를 받았을 때다.

088··

어머니의 험한 길

어떤 랍비가 돌이 많고 울퉁불퉁하여 걷기가 매우 힘든 길을 어머니와 단 둘이서 걸어가고 있었다.

어머니는 워낙 나이가 많이 드셔 연로하여 걷기를 힘들어 했다. 그러자 랍비는 어머니가 한 걸음 한 걸음 내디딜 때마다 자기의 손을 어머니의 발밑에 집어넣었다.

*세 부류의 친구가 있다. 첫 번째 부류는 음식과 같아서 매일 필요하고, 두 번째 부류는 약과 같아서 가끔씩 필요하고, 그리고 세 번째 부류는 질병과 같은 것으로 항상 피해 다녀야 한다.

089··

산모와 태아

　산모가 아이를 낳을 때 심한 난산으로 목숨이 위태로워진다면 아이와 산모 중에 과연 누구를 선택해야 하는가?

　탈무드에서는 산모를 살리고 아이를 포기한다. 유대인의 전통에 의해 태어나기 전의 아기는 생명이 없는 것으로 되어 있다. 그것은 뱃속의 태아를 산모의 몸의 일부분으로 보는 것이다.

　생명을 구하기 위해서는 몸의 일부를, 즉 팔이나 다리를 잘라내는 일도 있다고 보는 것이다. 유대인의 전통에는 이런 경우에는 산모를 선택하는 것으로 되어 있는 것이다.

*바른 말은 귀에 쓴 것이다.

예를 들어, 내가 어떤 사람을 놓고 일부러 모함을 하여 그의 사람의 마음에 상처를 입혔다고 하자. 그런 다음 그 사람을 만나게 되었을 때 이렇게 사과를 할 수도 있다.

"아, 지난번에는 제가 실수를 한 것 같습니다. 너무 흥분한 나머지 당신의 체면을 말이 아니게 하였습니다. 대단히 죄송합니다."

이렇게까지 했는데도 상대방이 용서를 하지 않을 경우에는 어떻게 하면 좋겠는가?

이런 경우 유대인들은 열 사람에게 이렇게 묻는다.

"나는 요전에 어떤 사람에게 실수를 하여 그의 체면을 손상시켰기 때문에, 그에게 사과하러 갔으나 그는 나를 용서해 주지 않습니다. 나는 진심으로 잘못을 후회하고 있는데, 여러분은 나의 잘못을 용서해 주시겠습니까?"

그래서 그 열 사람이 모두 용서해 준다고 하면 잘못을 용서받는다.

그런데 만일 모함을 받은 사람이 이미 죽어서 사과할 수가 없게 되면, 열 사람을 그의 무덤으로 데리고 가서는 그들 앞에서 무덤을 향해 용서를 빌어야 했다.

그런데 이 경우 '10' 이란 숫자는 유대교의 예배당에서는 기도 드릴 때 열 명 이상의 사람이 있어야 기도가 성립되었기 때문이다. 아홉 명 이하의 수는 개인이고, 사람 숫자가 열 명이 되어야 비로소 집단이 되는 것이다.

정치적인 결단이 아닌 종교적으로도 역시 열 사람 이상이어야 한다. 결혼식에서도 공적인 결혼식은 열 사람 이상이 되지 않으면 거행하지 못한다.

*자기 자신에 대해 웃을 수 있는 사람은 남의 웃음을 사지 않는다.

한 사람이 아들에게 유서를 남겼다.

'내 모든 재산을 아들에게 물려줄 것이다. 그렇지만, 아들이 정말 바보가 되기 전에는 어떤 경우에도 유산을 물려줄 수 없다.'

이 소식을 들은 랍비가 그 사람에게 그 이유를 물었다.

"당신은 정말 이해할 수 없는 유언을 남겼군요. 당신의 아들이 정말 바보가 되지 않는 한 재산을 물려줄 수 없다니, 도대체 그게 무슨 까닭입니까?"

그러자 그 사람은 아무 말 없이 갈대를 입에다 물고는 괴상한 울음소리를 내며 마루 위를 엉금엉금 기었다. 그 행동은 자기 아들이 아이를 낳아 그 자식을 귀여워하면 자기의 모든 재산을 상속시켜 준다는 것을 뜻하는 것이었다.

'자식이 태어나면 인간은 바보가 된다' 는 속담은 여기에서 비롯된 것이다.

유대인에게는 자식은 매우 소중한 존재로서, 부모들은 자식을 위하여 모든 것을 희생한다. 하나님의 유대 민족에게 천주의 십계명을 내리실 때, 유대 민족은 반드시 그것을 지킬 것이라는 맹세를 그들로부터 받으려고 하였다.

그래서 유대인들은 그들의 위대한 조상인 아브라함과 이
삭과 야곱의 이름을 걸고 반드시 십계명을 지키겠노라고 맹
세했지만, 하나님은 허락하지 않았다.

결국 유대인들은 자식들에게 반드시 십계명을 전하겠노
라고 자식들을 앞세워 맹세하자 비로소 하나님은 좋다고 허
락하여 주었다.

*금화는 흙 속에서도 빛이 난다.

왕이 하인들 만을 위한 만찬을 베풀겠다고 했지만 만찬이 열리는 시간은 알려 주지 않았다.

현명한 하인은 이렇게 생각하고 궁전 앞에서 기다리고 있었다.

'폐하께서 하시는 일이니까 만찬은 언제라도 열릴 수 있을 거야. 그 만찬에 참석할 수 있도록 항상 준비를 하고 있어야지.'

그러나 어리석은 하인은 이렇게 생각했다.

'만찬을 준비하려면 아마 시간이 오래 걸리겠지.'

아직 시간이 넉넉하다 생각하여 아무 준비도 하지 않았다.

만찬이 열렸을 때, 현명한 하인은 바로 참석할 수 있어 맛있는 음식을 맘껏 먹을 수 있었지만, 어리석은 하인은 음식은커녕 만찬에 참석도 하지 못했다.

우리는 언제 하나님의 부름을 받을지 모른다. 하나님으로부터 그 만찬에 초대받았을 때 당황하지 말고 참석할 수 있도록 미리 준비를 해야 한다.

* 싸움이란 냇물과 같다. 한 번 작은 냇물이 생기면 큰 냇물이 되어서 다시는 작은 냇물로 되돌아오지 않는다.

093··
가난한 사람의 특징

어느 날 갑자기 졸지에 벼락부자가 된 사람이 있었다.

한 랍비가 그에게 한 필의 말과 마부를 선물로 주었다. 그
런데 어느 날 보니 마부가 보이지 않는 것이다. 그랬더니 그
벼락부자는 자신이 그 말을 끌고 무려 5천 킬로미터나 걸어
서 갔다.

＊인간이란 자기가 가지고 있는 것은 소홀히 생각하고 자기에게 없는 것은
탐을 낸다.

094··

사랑의 편지

젊은 남자와 아름다운 아가씨가 사랑에 빠졌다.

그 남자는 평생 동안 아가씨에게 성실할 것을 맹세하고 두 사람은 결혼을 했다. 그들은 얼마 동안 매사가 순조로워 행복한 나날을 보냈다.

그러던 어느 날 남편은 아내를 남겨 두고 여행을 떠나야만 했다. 아내는 오랫동안 그 남편이 돌아오기를 기다렸으나, 그는 돌아오지 않았다.

아내의 다정한 친구들은 그녀를 동정했지만, 그녀를 시기하고 있던 여자들은 남편이 절대로 돌아오지 않을 것이라며 비웃었다.

처녀는 집으로 돌아가 남편이 평생 동안 성실할 것을 맹세했던 편지들을 보면서 많은 눈물을 흘렸다. 편지는, 아내의 마음을 위로해 주었고 그녀에게 큰 힘이 되었다.

그렇게 몇 해가 지난 어느 날 남편이 돌아왔다. 아내는 그동안의 슬픔의 세월을 그에게 호소했다. 그런 아내를 보며 남편이 물었다.

"그렇게 괴로운 시간을 보내면서도 어떻게 나만을 기다릴 수 있었소?"

그러자 아내는 이렇게 대답하며 웃었다.

"나는 이스라엘과 같습니다."

이스라엘이 다른 민족에게 지배받고 있을 때, 다른 나라 사람들은 모두 유대인을 비웃었다. 그리고 이스라엘이 독립한다는 말을 듣자, 그들은 이스라엘의 현인들을 바보라고 비웃었다. 그러나 유대인은 오직 학교나 예배당에서 이스라엘을 지켜 왔다.

유대인들은 하나님이 주신 그 거룩한 약속을 굳게 믿고 살아왔다. 결국 하나님은 그 약속을 지켜 주셨고 이스라엘은 마침내 독립을 했다.

이 이야기 속의 아내도 그 남편이 맹세한 편지를 읽으면서 그 남편을 믿고, 그가 돌아오기를 기다리고 있었기 때문에 이스라엘과 같다고 말했던 것이다.

* 성공의 문을 열려면 밀거나 당기거나 해야 한다.

095··

6일째

성서에 의하면, 이 세계는 하루, 이틀, 사흘…… 이렇게 차례차례 만들어져 엿새째 되는 날에 완성되었는데 그 마지막 날인 이날에 만들어진 것이 바로 인간이다.

그렇다면 그 의미를 어떻게 해석할 것인가?

한 마리의 파리조차도 인간보다 먼저 만들어졌다는 사실을 생각하면, 인간은 결코 오만해질 수가 없는 것이다. 그것은 인간이야말로 자연에 대하여 겸손한 마음을 가져야 한다는 것을 가르쳐 주는 것이라 할 수 있다.

*옳지 못한 사람은 자신의 욕망에 지배당하고 올바른 사람은 자신의 욕망을 지배할 수 있다.

096··

선생님

가장 위대한 랍비가 북쪽 마을을 돌아보기 위해 두 사람의 랍비를 시찰관으로 보냈다.

두 사람의 랍비는 그 마을에 도착하여 이렇게 말을 했다.

"이 마을을 지키고 있는 사람을 만나서 좀 알아볼 것이 있습니다."

그러자 그 마을 치한 책임자가 나왔다. 두 랍비는 이렇게 말을 했다.

"아니, 우리가 만나고 싶은 사람은 이 마을을 지키고 있는 사람입니다."

이번에는 그 마을의 수비대장이 나왔다. 그러자 두 랍비는 이렇게 말을 했다.

"우리가 만나려는 사람은 치안 책임자나 수비대장이 아니라 학교의 선생님입니다. 경찰이나 군인은 마을을 파괴할 뿐이고, 진정으로 마을을 지키는 사람은 바로 교육을 맡고 있는 선생님이란 말입니다."

＊낯선 사람의 백 마디의 모략보다도 친한 친구의 한마디 말이 더 깊은 상처를 남긴다.

한 랍비가 외국에 갔을 때 그곳 거리에는 포고문이 나붙어 있었다.

'왕비께서 대단히 값비싼 보석을 잃어 버렸다. 만일 30일 이내에 그것을 찾아오는 자에게는 후한 상금을 주겠지만, 만일 30일이 지난 후에 그것을 가지고 있는 자가 발견되면 즉시 사형에 처하리라.'

그런데 랍비가 우연히 그 보물을 발견하게 되었다. 그는 31일째 되는 날 그것을 가지고 가서 왕비 앞에 바쳤다. 그러자 왕비가 이렇게 물었다.

"당신은 30일 전 포고문을 발표하였을 때 이곳에 있었나요?"

그러자 랍비는 그렇다고 대답을 했다.

그러자 왕비가 다시 물었다.

"30일이 지난 뒤에 이것을 가져오면 어떤 처벌을 받는지도 알고 있겠네요?"

랍비는 그것도 알고 있다고 대답을 했다. 그러자 왕비는 다시 안타깝게 물었다.

"그러면 왜 30일이 지나도록 이것을 가지고 있었나요? 만

일 하루만 일찍 가져왔어도 당신은 후한 상금을 받을 수 있었는데. 당신은 목숨이 아깝지도 않나요?'

랍비는 이렇게 대답을 했다.

"제가 만일 30일 이전에 이 물건을 왕비님께 되돌려 드렸다면 많은 사람들은 제가 왕비님을 두려워하거나 존경을 표하기 위하여 가져왔을 거라고 오해를 할 것입니다. 제가 오늘까지 기다렸다가 이것을 가져온 이유는 나는 결코 왕비님을 두려워하지 않는다는 사실입니다. 내가 두려워하는 것은 오직 하나님뿐이라는 것을 많은 사람들에게 가르쳐 주고 싶었을 뿐입니다."

이 말을 들은 왕비는 진정으로 감사해하며 이렇게 말을 했다.

"그처럼 훌륭하신 하나님을 가진 당신에게 깊은 경의를 표합니다."

* 몸을 닦는 것은 비누이고, 마음을 닦아 내는 것은 눈물이다.

항해 중에 배 안에서 있었던 이야기이다.

배 안의 승객들은 대부분이 큰 부자들이었고 랍비 한 사람이 같이 타고 있었다.

랍비가 말을 했다.

"나는 내 재산을 당신들에게 보여 줄 수는 없지만 부자로 치면 내가 제일 부자라고 생각하오."

그때 마침 어디선가 해적들이 나타나 그 배를 습격했으며 부자들은 금은보석을 비롯해 모든 재산을 해적들에게 빼앗기고 말았다.

겨우 배는 가까스로 어떤 항구에 다다랐다.

그 랍비의 높은 교양과 학식은 곧 그곳 사람들에게 인정을 받게 되었다. 그러고는 그 랍비는 학생들을 모아 놓고 가르치기 시작했다.

얼마 뒤 랍비는 함께 배를 타고 여행했던 부자들을 만났다. 그러나 그들은 모두가 비참한 가난뱅이로 전락해 있었다.

그들은 랍비에게 이렇게 말을 했다.

"선생님의 말이 옳았습니다. 지식을 가지고 있는 사람은 모든 것을 가지고 있는 것과 같습니다."

지식은 언제라도 누구에게 빼앗기는 법이 없이 지닐 수 있기 때문에, 교육이 가장 중요한 재산이라는 것을 입증하게 되었던 것이다.

*돈이 없는 것은 인생에서의 절반을 잃은 것이고, 용기가 없는 것은 인생의 모두를 잃은 것이다.

어떤 사내가 자기 집 뜰의 돌멩이를 길에다 내다 버리고
있었다.

지나가던 노인이 그것을 보고 이렇게 물었다.

"아니 왜 당신은 그런 짓을 하고 있습니까?"

그러나 그 사내는 웃기만 하였다.

세월이 흘러 20여 년쯤 지나 이 사내는 자기 땅을 팔게 되
었다. 남에게 넘기고 이사를 가기 위해 첫발을 내딛는 순간
그만 전에 그가 버렸던 그 돌멩이에 걸려 넘어지고 말았다.

---

* 촛불은 앞에 들고 있어야지, 뒤에 들고 있으면 아무 소용이 없다.

100··
사자 목의 가시

동물의 뼈가 사자의 목에 걸렸다.

동물의 왕 사자는 자신의 목구멍에 걸린 뼈를 꺼내 주는 자에게 큰 상을 주겠다고 했다. 그러자 어디선가 학 한 마리가 날아와 사자를 구해 주겠다고 말을 했다.

학은 사자의 입을 크게 벌리게 하고, 사자의 입속으로 자신의 머리를 집어넣어 긴 주둥이를 이용해서 사자의 목에 걸렸던 뼈를 뽑을 수 있었다. 그러고는 말을 했다.

"사자님, 저에게 어떤 상을 주시겠습니까?"

그러자 사자가 화를 내며 말을 했다.

"아니, 상이라니. 너는 내 입속에 들어갔다가 살아난 것만 해도 큰 상이니라. 너는 그런 위험한 상황에서도 살아나온 것을 남들에게 자랑할 수도 있고, 그리고 살아가면서 어려운 상황에 처할 때는 이 일을 생각하며 위로를 삼을 수도 있지 않겠느냐. 그러니 무슨 다른 상이 필요하겠느냐?"

*당신의 의지에는 주인이 되고, 양심에는 노예가 되라.

101··

배의 구멍

어떤 사람이 작은 배 한 척을 가지고 있었다.

그는 여름이면 가족과 함께 배로 물놀이를 하거나 낚시로 소일하였다.

그는 여름이 지나자 배를 땅으로 끌어올려 보관해 두려 했는데, 그때 보니까 배 밑바닥에 작은 구멍이 하나 있었다. 그래서 그는 겨울을 지난 뒤 다시 쓰게 될 여름에 고칠 생각으로 그대로 두었다. 겨울 동안에는 배에 페인트 칠만 해 두었다.

다음 해 봄이 되자, 아이들은 배를 호수에 띄웠다. 그 사람도 배에 난 구멍을 까맣게 잊고 있었기 때문에 아이들에게 배를 허락해 주었던 것이다.

그러고 나서 두 시간가량 지난 뒤 아버지는 배에 구멍이 뚫려 있었다는 생각이 떠올랐다. 더구나 아이들은 헤엄을 칠 줄 몰랐다. 그는 당황하여 호숫가로 뛰어갔는데, 아이들이 배를 땅으로 끌어올리고 있는 것이었다.

아무튼 무사한 아이들을 보고 안심한 그 사람은 배를 살펴보니 누군가가 배에 난 구멍을 막아 놓았다는 것을 알 수 있었다. 그는 지난겨울 배에 페인트 칠을 한 사람이라고 생각했다.

그는 곧 선물을 사가지고 페인트공을 방문하였다. 그러자 페인트공은

"나는 배를 칠한 댓가는 받았습니다. 웬 선물을 주십니까?"

그러면서 선물을 사양하였다.

"당신이 배에 뚫린 구멍을 막아 주었기 때문에 아이들의 목숨을 구했습니다. 당신이 얼마 안 되는 시간을 내어 구멍을 막아 준 것이 얼마나 큰 결과를 낳았습니까? 감사할 뿐입니다."

* 행복을 얻으려면 만족에서 멀어져야 한다.

〈탈무드〉는 '교훈 · 교의(敎義)'의 뜻으로 유대인 율법학자들이 사회의 모든 사상(事象)에 대하여 구전한 것을 해설하여 집대성한 책이다.

'위대한 연구'라는 의미의 12,000여 쪽에 이르는 〈탈무드〉는 기원전 500년부터 시작되어 기원후 500년에 걸쳐 1천여 년 동안이나 구전되어 온 것들을 수많은 학자들이 모아서 편찬한 것이다.

또한 이 〈탈무드〉는 오늘을 살고 있는 우리의 생활 속에까지도 깊이 관여하고 있기 때문에 이것은 유대인들의 5,000여 년에 걸친 지혜이며, 지식의 보고라고 할 수 있는 것이다.

- AD. 500년부터 〈탈무드〉의 편찬은 바빌로니아에서 시작되었다.
- 1334년에 손으로 쓴 〈탈무드〉가 현존하고 있는 것 중 가장 오래된 것이다.
- 1520년 베니스에서 처음 〈탈무드〉가 인쇄되었다.
- 1244년 파리에 있던 모든 〈탈무드〉가 기독교인들에 의

해 몰수되어 24대의 수레에 실린 채 불태워졌다.

- 1263년 기독교와 유대인 대표들이 〈탈무드〉가 과연 기독교의 교리에 상반되는 것인가에 대해 토론을 벌이기도 하였다.
- 1415년에는 유대인들의 〈탈무드〉를 법령으로 금지하였다.
- 1520년에는 로마에서 다시 〈탈무드〉가 불태워 없어졌다. 〈탈무드〉를 잘 모르는 기독교인들은 그것에 대한 무지 때문에 〈탈무드〉를 무조건 싫어했던 것이다.
- 1533년, 1555년, 1559년, 1566년, 1592년, 1597년에도 〈탈무드〉는 계속해서 불태워졌다.
- 1562년에는 기독교 측이 〈탈무드〉를 검열하여 기독교 비판이나 비 유대인에 관한 내용들은 삭제해 버렸기 때문에 지금의 〈탈무드〉는 완전한 내용은 아닌 것이다. 그러다 보니 문맥과 문맥이 매끄럽게 연결되지 않는 부분들이 많다.

유대인들에게 있어서 공부는 인생 최대의 목적이다. 그러므로 유대인을 이해하려면 〈탈무드〉가 유대인에게 있어 얼마나 소중하게 다루어지고 있는가를 알지 않으면 안 된다.

유대인들은 하나님의 뜻을 몸소 실행하는 것이 무엇보다도 중요한 일이었으므로 〈탈무드〉를 공부하지 않고는 살아갈 수가 없었다.

그러나 〈탈무드〉에 대한 공부는 지식을 쌓는 공부라기보다는 유대인들에 있어 신을 찬양하는, 유대인으로서는 최고의 공부인 것이다. '공부와 연구가 올바른 행동을 만든다'는 말이 유대 민족의 오랜 금언으로 간직되고 있는 것으로 보아도 알 수 있다.

고대 유대의 도시나 마을은 그곳에 세워진 학교의 이름에 의하여 널리 알려졌다. 교회는 곧 공부하는 곳이기도 하였다.

로마인들은 유대인들을 비 유대인화하기 위해 유대인들의 〈탈무드〉에 대해 엄격하게 금했다. 〈탈무드〉를 공부하지 않는 유대인은 이미 유대인이 아니라고 생각했기 때문이었다.

그들은 신의 뜻이라고 믿는 '공부'를 지키기 위하여 수없이 죽어 가면서도 〈탈무드〉를 지켜냈다.

오늘날에도 유대인들은 아침, 점심, 저녁 시간, 또는 버스나 지하철 속에서도 열심히 공부를 한다. 물론 안식일엔 몇 시간씩 〈탈무드〉를 공부한다.

20권의 〈탈무드〉 중 한 권만 제대로 공부를 마쳐도 대단한 것으로 여겨 친지들과 더불어 성대한 축하 잔치를 열기도 한다.

유대인들에게는 기독교의 로마 교황처럼 최고의 절대 권위자는 존재하지 않지만 그들에게 있어 최고 권위자는 바로 이 〈탈무드〉일 뿐이다. 그래서 〈탈무드〉에 대한 공부가 권위의 척도로 보고 있다.

〈탈무드〉에 대한 내용을 가장 많이 터득하고 있는 사람을 바로 '랍비'라 하며, 랍비야말로 가장 존경을 받는 권위 있는 인물로 여겨지는 것이다.